倪匡奇情作品集
木蘭花傳奇
22
鬥古城
（含：珊瑚古城、獵頭禁地）
倪匡
著

目錄

珊瑚古城

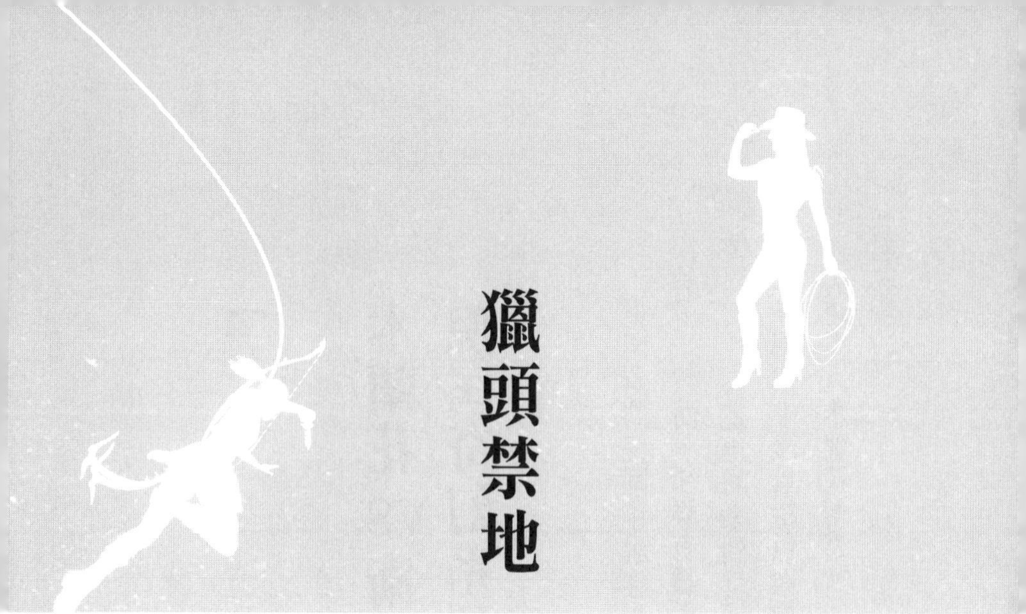

獵頭禁地

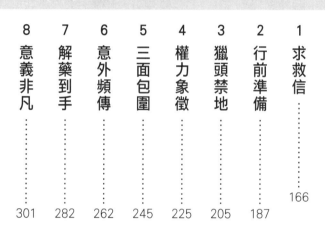

【總序】

木蘭花VS.衛斯理——倪匡奇幻系列的兩大巔峰

秦懷玉

對所有的倪匡小說迷來說，《衛斯理傳奇》無疑是他最成功、也最膾炙人口的作品了，然而，卻鮮有讀者知道，早在《衛斯理傳奇》之前，倪匡就已經創造了一個以女性為主角的系列奇情故事，甫出版即造成大轟動，《木蘭花傳奇》遂成為倪匡眾多著作中最具特色與最受讀者喜愛的兩大系列之一；只因衛斯理的魅力太過強大，使得《木蘭花傳奇》的光芒被掩蓋，長此以往被讀者忽視的情形下，漸漸成了遺珠。

有鑑於此，時值倪匡仙逝週年之際，本社特別重新揭刊此一系列，希望藉由新的編排與介紹，使喜愛倪匡的讀者也能好好認識她。

《木蘭花傳奇》是倪匡以筆名「魏力」所寫的動作小說系列。原載於香港新報及《武俠世界》雜誌，內容主要是以黑女俠木蘭花、堂妹穆秀珍及花花公子高翔三人所組成的「東方三俠」為主體，專門對抗惡人及神秘組織，他們先後打敗了號稱「世界上最危險的犯罪集團」的黑龍黨、超人集團、紅衫俱樂部、赤魔團、暗殺黨、黑手黨、血影掌，及暹羅鬥魚貝泰主持的犯罪組織等等，更曾和各國特務周旋、鬥法。

如果說衛斯理是世界上遇過最多奇事的人，那麼打擊犯罪集團次數最高的，即非東方三俠莫屬了。書中主角木蘭花是個兼具美貌與頭腦的現代奇女子，在柔道和空手道上有著極高的造詣，正義感十足，她的生活多采多姿，充滿了各類型的挑戰；她的最佳搭檔：堂妹穆秀珍，則是潛泳高手，亦好打抱不平，兩人一搭一唱，配合無間，一同冒險犯難；再加上英俊瀟灑，堪稱是神隊友的高翔，三人出生入死，破獲無數連各國警界都頭痛不已的大案。

若是以衛斯理打敗黑手黨及胡克黨就得到國際刑警的特殊證明文件的標準來看，木蘭花在國際刑警的地位，其實應該更高。

相較於《衛斯理傳奇》，《木蘭花傳奇》是入世的，在滾滾紅塵中演出令人目眩神搖的傳奇事蹟。衛斯理的日常儼然是跟外星人打交道，遊走於地球和外太空之間，事蹟總是跟外星人脫不了干係；木蘭花則是繞著全世界的黑幫罪犯跑，哪裡有犯罪者，哪裡就有她的身影！可說是地球上所有犯罪者的剋星！

而《木蘭花傳奇》中所啟用的各種道具，例如死光錶、隱形人等等，一如倪匡慣有的風格，皆是最先進的高科技產物，令讀者看得目不暇給，更不得不佩服倪匡驚人的想像力。

尤其，木蘭花等人的足跡遍及天下，包括南美利馬高原、喜馬拉雅山冰川、北極、海底古城、獵頭族居住的原始森林、神秘的達華拉宮及偏遠隱密的蠻荒地區等，讀者彷彿也隨著木蘭花去各處探險一般，緊張又刺激。

《衛斯理傳奇》與《木蘭花傳奇》兩系列由於歷年來深受讀者喜愛，書中主要角色逐漸由個人發展為「家族」型態，分枝關係的人物圖越顯豐富，好比《衛斯理傳奇》中的白素、溫寶裕、白老大、胡說等人，或是《木蘭花傳奇》中的「天使俠女」安妮和雲四風、雲五風等。倪匡曾經說過他塑造的十個最喜歡的小說人物，有三個在木蘭花系列中。白素和木蘭花更成為倪匡筆下最經典傳奇的兩位女主角。

在當年放眼皆是以男性為主流的奇情冒險故事中，倪匡的《木蘭花傳奇》可謂是開創了另一番令人耳目一新的寫作風貌，打破過去女性只能擔任花瓶角色的傳統窠臼，以及美女永遠是「波大無腦」的刻板印象，完美塑造了一個女版〇〇七的形象。猶如時下好萊塢電影「神力女超人」、「黑寡婦」等漫威女英雄般，女性不再是荏弱無助的男人附庸，反而更能以其細膩的觀察力及敏銳的第六感，來解決各種棘手的難題，也再一次印證了倪匡與眾不同的眼光與新潮先進的思想，實非常人所能及。

《女黑俠木蘭花傳奇》共有六十個精彩的冒險故事，也是倪匡作品中數量第二多的系列。每本內容皆是獨立的單元，但又前後互有呼應，為了讓讀者能更方便快速地欣賞，新策畫的《木蘭花傳奇》每本皆包含兩個故事，共三十本刊完。讀者必定能從書中感受到東方三俠的聰明機智與出神入化的神奇經歷，從而膾炙人口，成為讀者心目中華人世界無人能敵的女俠英雌。

珊瑚古城

1 當局者迷

木蘭花的聲音很平靜，而高翔的神情則十分激動，安妮睜大著眼，不時插上一兩句話。他們三個人，在木蘭花的家中。

木蘭花正在敘述著她和安妮在威尼斯時，和黑手黨的頭子打交道的經過。

當時，木蘭花正講到她們如何在古堡的迷陣中，團團打著轉，難以覓到出路，所以高翔的神情才那樣激動的，而當木蘭花說到她們終於走出了迷陣時，高翔才鬆了一口氣。

木蘭花的聲音一直很平靜，道：「黑手黨徒居然也守信用，我們走出了迷陣，他請我們享受了一餐豐富的晚餐，然後，就將秀珍給我的古物還給我們。」

高翔的臉上，充滿了疑惑的神情，道：「不可能吧！」

「我也那樣想，」木蘭花回答，「但是那的的確確就是原物，我已詳細檢查過，而現在，我也已將它帶回來了。」

木蘭花講到這裡，向安妮望了一眼。

安妮轉過身去，將放在身後几上的一隻木盒取了過來，交給了高翔，高翔打開木盒，將那東西取了出來，仔細察看著。

他也認為那的確是秀珍帶回來的東西，但是，他的神情卻仍然充滿了疑惑。

木蘭花道：「高翔，我知道你在想些什麼，那東西黑手黨曾經不惜一切代價要得到它，他們曾出過五十萬磅的高價，不惜犧牲了整個黑手黨的東方支部，而且那東西也的確有著無可比擬的價值，可以使黑手黨從地下勢力，到建立一個真正以黑手黨統治的王國，他們是沒有理由肯將它還給我的！」

高翔和安妮齊聲道：「是啊！太沒理由了！」

木蘭花站了起來，她的雙眉緊蹙著道：「不是沒有理由，理由一定有，只不過我們一時之間還想不出來而已——」

木蘭花才講到這裡，花園的鐵門外，突然傳來「叭叭」兩下汽車喇叭響，他們一抬頭，向窗外望了過去。

一輛奶黃色的汽車停在門口，穆秀珍也不打開車門，一縱身，從車中跳了出來，推開鐵門，大叫道：「蘭花姐，安妮！」

她像是一陣旋風一樣捲了進來。

穆秀珍才一進來，屋子中登時熱鬧了起來，她大聲嚷叫著，道：「蘭花姐，你到過義大利？為什麼不告訴我？太豈有此理了！」

木蘭花笑了起來，道：「秀珍，你現在是雲四風的太太，總不成我還拉著你到處跑，四風會怪我的，而且我看你也未必捨得離開他！」

穆秀珍漲紅了臉，道：「誰說的，我才不在乎呢！」

高翔和安妮也給穆秀珍逗笑了，穆秀珍有點氣惱，嗔道：「你們不信，好，下次你們再到什麼地方去，如果不通知我，看我將你們……」

高翔笑著道：「秀珍，你已經錯過一次大好機會了，你也不早來一步，聽聽蘭花和安妮在義大利如何見到了黑手黨的大頭子！」

穆秀珍呆了一呆，連忙來到了木蘭花的身後，握住了木蘭花的手，搖著道：「蘭花姐，講給我聽，快講給我聽！」

木蘭花搖頭，道：「看你，你叫安妮說吧！」

穆秀珍轉身過去，手叉著腰，望定了安妮，大聲命令道：「安妮，說，說得詳細一些，如果膽敢馬馬虎虎，哼，看我揍你！」

安妮忍住了笑，又將經過的情形說了一遍。

穆秀珍一面聽，一面唉聲嘆氣，等到安妮說完，她又長嘆了一聲，坐了下來，一臉的不高興，一句話也不講，只是低著頭。

安妮忙道：「秀珍姐，事情就是那樣，我已全說了出來，你還為什麼不高興？」

「我當然不高興！」穆秀珍的雙眼睜得老大，「那東西是我帶回來的，但你們卻瞞著我，自己就那樣去玩了一大陣。」

「我們不是去玩！」木蘭花說。

「當然是去玩，」穆秀珍理直氣壯地說：「看你們玩得多開心！我啊，一天到晚，參加這個會，那個會，又要理會什麼新產品的銷路，又應付各個工廠中的大小事務，唔，真是一點人生樂趣也沒有，可憐死了！」

木蘭花、安妮和高翔三人卻感到好笑，因為，在穆秀珍的臉上真有著十分愁苦難悶的神情，而那種神情，他們是從來也未曾在穆秀珍的臉上看到過的。

但是穆秀珍究竟是穆秀珍，她立時開朗了起來，自沙發上一躍而起，道：「蘭花姐，你們自然是非要我一起去不可了！」

穆秀珍沒頭沒腦忽然說上了那樣一句話，不禁令得木蘭花大是愕然，她道：「你在說什麼？為什麼一定非得你去不可？」

「自然，」穆秀珍洋洋得意地說：「我是潛水專家！」

木蘭花一時之間，既想不到穆秀珍的話是什麼意思，高翔和安妮兩人也不明白，他們齊聲道：「我們為什麼要潛水？」

穆秀珍瞪大了眼睛，「咦」的一聲，道：「你們怎麼了？難道就讓黑手黨去發現那古城，我們就捧著那塊磚頭算了？」

高翔和安妮兩人仍然不明白。

可是，木蘭花卻已心中陡地一動，她突然站了起來，道：「我明白了，秀珍，多蒙你提醒了我，我現在已經明白了！」

這一次，輪到穆秀珍驚愕了。

她道：「蘭花姐，你以前不明白什麼？」

「我不明白何以黑手黨肯將那古城的磚頭送給我們！」

穆秀珍笑了起來，道：「蘭花姐，這真是當局者迷了，我一明白經過，就知道他們肯將那塊磚頭還給你們了，那塊磚頭現在已經是廢物了！」

木蘭花領悟得最快，而高翔和安妮兩人一時之間，卻還是未能想得透其間的關鍵，是以他們兩人的臉上，充滿了疑惑的神色。

木蘭花道：「秀珍說得對，那東西現在是廢物了，那東西是一塊古磚，本來它的價值非凡，是由於從它的身上可以研究出一些那座古城沉沒的資料來！」

安妮和高翔同時發出了「啊」地一聲！

從他們突然發出了一下驚呼聲聽來，他們顯然是想到其中的關鍵了，安妮忙道：「而現在，黑手黨已經獲得了一切資料！」

木蘭花點頭道：「是的，這就是為什麼我們會被提議去闖那個迷陣的原因，對方知道我們至少會被困在其中一兩天，而在這一兩天之中，他們已可以利用一切科學儀器，在那塊磚上獲得資料，資料到手，那磚頭自然可以還給我們了！」

安妮忙道：「蘭花姐，那樣說來，黑手黨已知那古城的地點了？」

「可能是，但是在一塊磚頭上要發現完全正確的地址，這是十分困難的，他們或者有了一個約略的地點，他們也一定在開始工作了！」

高翔、安妮和穆秀珍齊聲說道：「那我們——」

他們只講了三個字，木蘭花便已一揚手，他們三人一起住了口，木蘭花緊蹙著雙眉，來回地踱著，過了好一會，她嘆了一聲。

安妮低聲道：「蘭花姐，我們不去？」

木蘭花搖了搖頭，道：「這件事，很難決定。黑手黨用那樣的方法來對付我們，這表示他們也多少有一些忌憚！」

穆秀珍忙道：「當然，他們不知道我們厲害，算是他們倒霉！」

木蘭花望了穆秀珍一眼，道：「秀珍，你別將事情看得太容易了，這件事，他們一定會傾全力進行，憑我們四個人的力量，是萬難與之作對的。」

「我們可以要國際警方協助！」高翔說。

木蘭花搖頭道：「高翔，黑手黨是一個犯罪組織，但是這件事，卻並不是犯罪活動，不是犯罪活動，警方怎能干涉？」

安妮等三人都沒有話可說了，木蘭花又緩緩地道：「如果黑手黨成功了，那是一件極可怕的事，我們總得盡力而為才是！」

穆秀珍的神情本來已很沮喪了，聽得木蘭花那樣說，她才又活躍了起來，道：「是啊，就算和他們搗搗蛋，也是好的。」

木蘭花臉上的神情本來極其嚴肅，但是此際也不禁笑了起來，那是她想起了穆秀珍在中學時期的外號，她的外號就叫「搗蛋鬼」，想不到現在，她已經是一個風姿綽約的少婦了，對於「搗蛋」還是那樣有興趣。

木蘭花笑了一下，又道：「我們不知道黑手黨方面在這塊磚頭上獲得了一些什麼資料，但是那古城是在干地亞島附近，這一點我們是知道的。」

高翔、穆秀珍和安妮三人，都知道木蘭花已決定行動了，而她這般的說，正是行動的計劃，所以他們都用心地聽著。

木蘭花望著高翔，道：「你可以告假嗎？」

「可以的。」高翔略頓了一頓，又補充道：「如果真有什麼重大的事情，他們會通知我，我也立即可以趕回來的。」

木蘭花又望著穆秀珍，道：「四風自然不會拒絕你的要求，但如果他勉強的話——」

穆秀珍揮著手，道：「別理他！」

木蘭花一面道：「秀珍，你們是夫婦，你是他的妻子，一個妻子如果不聽從丈夫的意見，那就永遠不是一個好的妻子了！」

穆秀珍吐了吐舌頭，道：「那麼，我回去和他商量一下，他一定肯的，那樣，我是好妻子了，對不對？」

木蘭花續道：「我們分兩批走，我和高翔先走，安妮，你和秀珍一起來，我們隨時用無線電聯絡，你們自然是利用『兄弟姐妹號』前去。」

「你們呢？」安妮問。

「我們明天就啟程，我用噴射客機，『兄弟姐妹號』全速潛航，也慢不了多少，我和高翔會租一架飛機，環島飛行，專門觀察沿海發生的情形，高翔，我們行動要通過國際警方的諒解，你可以做得到這一點麼？」木蘭花側著頭問高翔。

「當然可以！」高翔回答。

「好，我們還有許多事情，我們要準備一些要用的東西，秀珍，你帶著安妮去採辦，你應該知道我們需要些什麼的。」

「得令！」穆秀珍拉著安妮，就向外衝去了。

她將安妮抱上了車子，自己又跳了進去，奶黃色的跑車像支箭一樣，發出了一下急吼聲，便已經在路上跑遠了。

高翔也道：「我也得去準備一下，明天見。」

「明天在機場上見。」木蘭花補充著。

高翔也向外走去，駕車離了開去。

木蘭花一人坐了下來，她知道，要去阻止黑手黨全力以赴的行動，是一件很困難的事，他們要做的事，不知有多少。

木蘭花也想到，他們可能根本連黑手黨在什麼地方進行探索古城都找不到，如果是那樣的話，那麼又要用另一種辦法來進行了。

木蘭花完全沉醉在思索之中了。

三天之後，一架小型飛機在干地亞島沿岸的上空飛翔著，機上只有兩個人，駕機的是高翔，木蘭花坐在高翔的旁邊。

木蘭花持著一具長程望遠鏡，全神貫注向下望去。

海面十分平靜，地中海的平靜，是舉世聞名的，而且由天空上望下來，海面就像是一大塊蔚藍色的玉，美麗得令人窒息。

在海面上，有不少漁船，也有著零零落落的遊艇，從空中看下來，海面上的船隻，每艘不過吋許長短，完全像是玩具一樣。

但是，在木蘭花的長程望遠鏡中，卻可以看清楚，在漁船上魚網的孔眼，和辨出坐在遊艇上的女人，頭髮是什麼顏色。

木蘭花留意著每一艘船，飛機不斷繞著干地亞島在打轉，在轉了一轉，仍然沒有什麼發現之後，根據他們原來的計劃，在島上一個城市附近的機場停了下來。

飛機是租來的，出租飛機的公司附有外勤人員，隨時服務，所以，飛機才一停下，幾個機械工程人員便來檢查機械和補充燃料。

高翔和木蘭花走進了機場休息室，那間出租飛機公司的主持人笑嘻嘻地走過來，高翔和木蘭花在旅遊的淡季中來到，使得他高興得跟在高翔和木蘭花兩人的身邊不住打轉。

這時，他又走了過來問道：「飛機還好麼？」

「很好。」高翔冷冷地回答。

可是經理卻仍然不想離開，他又道：「請原諒我多事，兩位可是在尋找著什麼？是不是要我幫助？我是土生土長的干地亞人！」

高翔有點不耐煩，想揮手令那胖經理走開，但是木蘭花卻抬起頭來，道：「是的，我們是在尋找著一大隊潛水的人。」

胖經理跳了起來，道：「你們原來是在找一大隊潛水人，問到我可再好也沒有了，我的一個老兄弟，就是開設潛水工具公司的。」

木蘭花笑道：「怎樣？他最近做了一大筆生意嗎？」

「是的，幾乎把公司的所有存貨全部賣完了！」胖經理揮著手，「據他說，那些工具，他們都運到島的東端，一個叫綠樹村的小鎮去。」

木蘭花笑著，道：「原來是那樣，那我們可以找到他們了，多謝你。」

胖經理還想再講下去，但是高翔和木蘭花已經站了起來。

他們走出了休息室，高翔低聲道：「蘭花，他的話可靠麼？」

木蘭花道：「我想是可靠的，我們不妨多注意島的東端，剛才我們飛過的時候，我就覺得那裡的遊艇特別比別處多一些。」

他們一起上了飛機，仍然由高翔駕駛，飛機飛上了半空，直向東飛去，不一會，便已經到了島的東端，那一部分，臨海的地方，大多數全是聳天的峭壁，高達數十丈，照說，那裡並不是什麼旅遊的聖地，但是木蘭花又看到了那十來艘遊艇。

那十來艘遊艇，似乎排成了一個圓圈，圍住了一個區域，木蘭花沉聲地道：

「飛得低些，讓我看清楚。」

高翔壓下操縱桿，飛機的高度突然減低，木蘭花看到那些遊艇上有許多人，那些人全都抬起頭來，看著他們的飛機。

木蘭花立時道：「升高。」

高翔拉起操縱桿，飛機又向上飛了上去。

木蘭花放下了望遠鏡，搓了搓眼睛，道：「我想我已經找到他們了，回去吧！」

「你看到了什麼？」高翔問。

「你也可以看得到，那十艘大遊艇圍住了一個極大的區域，他們當然是準備在那個區域有所行動，普通的遊客是不會那樣的。」

高翔皺著眉，道：「我們的飛機剛才飛得很低，他們全看到了！」

「我是特意如此的，如果那些遊艇真是屬於黑手黨的，黑手黨徒會找出租飛機公司的麻煩，我們留在鎮上，可以聽到新聞。」木蘭花回答著。

那時，飛機已掉轉頭飛了開去，半小時之後，降落在機場上。

他們下了飛機，走向出租公司的辦公室，胖經理連忙迎了上來。

高翔數著鈔票，放在他的辦公桌上。

木蘭花道：「或許會有人來問你，租用你飛機的是什麼人——」

胖經理忙道：「我一定保守秘密，那是我的業務道德！」

木蘭花微笑著，道：「不，你可以告訴他們，我們就住在城中卡爾沙酒店，二〇四號房，叫他們直接來找我們好了！」

胖經理張大了眼睛，現出疑惑的神情來。

木蘭花又笑道：「因為除非沒有人來問你，否則，問你的人，一定是黑手黨中的人！」

一聽到「黑手黨」三字，胖經理的臉色突然變了！

那可以說是附近的幾國，每一個人聽到「黑手黨」這個名稱之後，最自然而然的反應！而木蘭花和高翔也不等他從驚愕中醒過來，就已經走了。

木蘭花和高翔的確是住在城中的卡爾沙酒店，但是他們卻並不是住在二〇四號房，而是在二〇四房對面的二〇三和二〇五號房。

他們回到了酒店之後，各自休息了一會，高翔來到木蘭花的房中，木蘭花已和安妮通了一個無線電話，她知道，穆秀珍和安妮也快到了，木蘭花通知她們到卡爾沙酒店來會合。

本來，穆秀珍和安妮是不能夠來得那麼快的，但是穆秀珍心急，她利用了「兄弟姐妹號」的最佳性能，是從空中飛來的，飛到了地中海之後，才降落海面，潛航前來。

他們如果要去干預黑手黨的探索行動，沒有「兄弟姐妹號」的幫助是不行的，是以木蘭花和高翔不論有什麼變化，都必須和穆秀珍、安妮會合了再說。

他們兩人閒談了一會，同時聆聽著走廊中的動靜。

到了下午五點左右，他們聽到酒店侍者的聲音，那侍者道：「先生，二〇四號房是空的，並沒有租出去，那裡沒有人！」

接著，便是一下粗暴的聲音喝道：「滾開！」

木蘭花和高翔互望了一眼，高翔立時打開手提箱，取出了一根銅管來，迅速地將銅管拉長，那個管的兩端都有鏡片，是一具很簡單的潛望鏡。

他將銅管的一端伸出房門的氣窗少許，將眼湊在另一端上，他看到的侍者苦著臉，掩住了半邊臉頰，可能是捱了一拳。

另外有兩個人，穿著黑西裝，正站在二〇四號的房門前，一個敲著門，另一個伸手衣襟之中。

他們敲了半晌門，並沒有反應，那侍者忍不住又道：「我已說過了，那——」

可是，他只講到了一半，另一個便狠狠的瞪了他一眼，令得他立時住了口，不敢再說下去，敲門的那個也不耐煩了，用肩頭撞著門。

這家酒店已很陳舊了，門自然也不會太結實，他才撞了幾下，就將門撞了開來，兩人立時衝了進去。

可是他們立即退了出來。

他們一退出來之後，凶神惡煞一般，一把擒住了那侍者的衣襟，幾乎將那侍者整個人都提了起來，大喝道：「他們是一男一女，兩個東方人，在哪裡？」

看到這裡，高翔連忙轉過身來，向木蘭花望了一眼。

木蘭花向前指了指，道：「你躲在沙發後面，先由我來應付他們！」

這時，已聽得那侍者在道：「有！有！」

那兩個人立時放開了侍者，轉過身來。

他們看到了木蘭花，略呆了呆，沉聲道：「你租了胖子的飛機？飛到島的東端去？你想偵查一些什麼？那一點也不有趣！」

木蘭花的臉上掛著冷冷的笑容，道：「如果你們肯進來，我將會告訴你們詳細的情形！」

那兩人略呆了一呆，他們立時將門推得更大，走了進來！

其中一個將門踢上，道：「還有一個男的呢，在什麼地方？」

木蘭花冷笑著道：「你們還是快些拔槍吧！」

那兩個人的反應也極其靈敏，他們立時將手伸進了衣襟之中，但是，他們的手還未曾伸出來，高翔卻已自沙發後突然站了起來，啪，啪，兩下響，兩枚麻醉針已疾射而出，正射在那兩人的手腕之上。

那兩個人低下頭來，望著手腕上的麻醉針。他們的臉上，現出訝異莫名的神色來。

他們只堅持了兩三秒鐘，身子一側，便已倒在地上。

高翔笑著，走了出來，道：「怎樣？」

「將他們弄醒。」木蘭花說。

「什麼？」高翔陡地一呆。

「將他們弄醒，高翔，我可以令他們什麼也不敢說，不然，他們醒來之後，一定會回去報告，我們的工作就沒有那麼順利了！」

高翔一時之間也不知木蘭花準備弄什麼花樣，他先從兩人的衣襟中搜出了手槍，順手拋在沙發上，然後，拉著兩個人的頭髮，拖著他們到了浴室中。

他將他們兩個人的頭部按到了浴缸中，然後，他放開了冷水龍頭，將冷水淋在兩人的後腦上，淋了一分鐘之久，再將兩人翻了過來，將冷水淋在兩人的臉上，冷水注進了他們的鼻孔，那兩人劇烈地咳嗽著，搖著頭，醒了過來。

高翔仍然提著他們的頭髮，令他們兩人站了起來，然後，向他們拋過了兩條毛巾，喝道：「快抹乾臉，走出去，聽從吩咐！」

那兩人已完全醒過來了，他們狼狽地抹著，走了出去，木蘭花先望了他們一會，才道：「我們是東方人，這一點，你們是知道的了？」

那兩個人狼狽地點著頭。

木蘭花又冷冷地道：「東方人有許多古怪的玩意兒，西方人是絕對無法了解的！」

她講到這裡，突然提高了聲音，道：「看看你們的手腕！」

那兩人翻起手腕來，高翔射中他們的手腕的麻醉針，還留在他們的腕上，他們兩人駭然道：「那……那是什麼東西？」

「那是劇毒的毒藥，但是在中毒之後，卻先昏迷過去，然後，毒性在一個月之後發作！」木蘭花緊望著那兩個人。

那兩人的臉色變得十分難看，高翔在那剎間幾乎笑了出來，但是他卻忍住了笑，道：「你們快去準備後事吧，一個月，不會多一天，也不會少一天！」

那兩個人的身子，不由自主發起抖來。

木蘭花伸了一個懶腰，順手拿起他們的槍來，除下了子彈，將槍拋在他們的腳下，道：「還不走，留在這裡做什麼？」

那兩人互望著，其中一個道：「沒有……法子解救？」

「只有在東方才有。」木蘭花沉聲道：「在西藏，有一座獨一無二的喇嘛廟，其中有解藥，但你們的時間不夠了，你們只有一個月！」

另一個人突然吼叫了起來，道：「你一定有解藥的。」

「當然有。」木蘭花笑了起來，「但是我為什麼要給你呢？」

那人怪叫了一聲，陡地向木蘭花衝了過來。

2 戰犯搜索團

那人的來勢十分凶猛，然而木蘭花卻根本沒有從沙發上站起來，那人衝到木蘭花的身前，才一伸出手來，木蘭花已抓住了他的手腕。

緊接著，木蘭花用力一扭，那人怪叫一聲，身子已被提了起來，他的手臂被木蘭花扭到了背後，木蘭花又用力一推，就勢踢出了一腳。

那人的身子向前直跌了出來，他收不住向前跌出的勢子，是以他「砰」地一聲撞在牆上，鮮血立即由他的鼻孔迸了出來。

木蘭花冷笑著道：「這是給你的最輕教訓！」

另一個人看到了這等情形，更是駭然，道：「你……你一定是木蘭花。」

木蘭花點著頭，道：「是的，你比他聰明，是以你可以少吃一點苦頭，如果你更聰明些，那麼，你或者可以不必死。」

那人忙轉過頭去，向他的同伴喝道：「聽到沒有，可以不必死，這位是木蘭花小姐，連公爵都吩咐過，要避免和她作對的。」

流鼻血的那個哭喪著臉，不知如何才好。

木蘭花道：「從現在起，你們一切都要聽我的命令，那麼，我到第二十九天頭上，我會給你們解藥，你倆還可以強壯如牛地活上幾十年，願意麼？」

那兩人幾乎立即答應道：「願意！」

「第一，你們回去報告，租飛機的是兩個美國遊客，只因為看到了有那麼多遊艇而感到好奇，記住了麼？」木蘭花在命令著。

「記住了！」兩人立即答應。

「第二，告訴我，誰在指揮著整件事？」

「是維龍先生，他在黨中的地位極高。」

木蘭花點了點頭，道：「行了，拔下你們手腕上的毒針，走吧，以後如有什麼需要你們的地方，我自然再會吩咐你們的。」

那兩人又呆了一會，才愁眉苦臉走了出去。

木蘭花等到那兩人走了出去，便道：「向國際警方要維龍的資料，這個人的名字好像非常之陌生。」

「我也沒有什麼印象。」高翔回答著。

他拿起了電話，立時和國際警方的聯絡員通了一個電話，那位連絡員答應，盡快派一位幹練的人員，將維龍的資料送來，見面的暗號是：「日落西山」。

木蘭花的心情十分輕鬆，因為剛才那一幕，實在是非常滑稽的，可是由於東方在西方人的心目中，一直籠罩著一重十分神秘的色彩，是以那兩個人對自己在一個月之後會死亡一事，竟然深信不疑，他們一定是會依言行事的了。

高翔看到木蘭花輕鬆的樣子，知道木蘭花一定是在想著剛才的情形，想起那兩個人的怪模樣，高翔也忍不住哈哈大笑起來。

接下來的一天中，他們就在這樣輕鬆的心情下度過。

對於木蘭花和高翔兩人而言，那是極其難得的，他們手拉著手，在林中慢慢地走著，坐在小溪邊的草地上，聽著蛙鳴，又在一些古城堡的廢墟中穿來插去，情調真是悠閒而優美。

一直到了西天泛起了一片紅霞，他們才回到酒店。

在歸途中，高翔不禁嘆了一口氣。

木蘭花只向他望了一眼，像是已知道他的心中在想些什麼，她立即道：「高翔，這樣平靜恬淡的日子使你神往，是不是？」

高翔點著頭，道：「我們的生活，實在太緊張了！」

木蘭花停了下來，緩緩向一株大樹走去，他們兩人一齊背靠在大樹上，望著滿天的紅霞，高翔想了一想，道：「蘭花，秀珍也結婚了……」

他講了一句，便沒有再講下去，他知道木蘭花是聰明絕頂的人，他根本不必多講什麼，木蘭花就可以在他那一句話中，明白他全部的意思是什麼了。

木蘭花低下了頭，晚霞映在她美麗的臉龐上，令得她的臉頰上也起了一片緋紅，她足尖踢著樹下的小石塊，好一會才道：「高翔，你準備放棄警方的職務了？」

高翔皺了皺眉，道：「可以放棄，我想，至少要放棄一年半載。」

「那麼，誰來替代你？」

高翔苦笑了一下，攤了攤手。他在警方負擔的任務是如此之重，要找人替代他的職務，自然是一件十分困難的事，而他的心目中，也根本沒有合適的人。

木蘭花又緩緩地道：「我的心中倒有一個人，可以替代你的職務，但是現在還不行，至少還要再過一年，高翔，到那時，我們就可以結婚了。」

高翔的心頭狂跳了起來，他和木蘭花相識已經許久了，他對木蘭花的愛意，木蘭花沒有理由不知道，他也不止一次向木蘭花提出過他們的婚事，可是木蘭花卻從來也未曾正面答覆過他。

但是現在，木蘭花已經給他正面的答覆了！雖然一年的時間未免長些，但終究只要一年！

高翔興奮得漲紅了臉，他緊握住木蘭花的手，木蘭花微笑著，高翔俯頭，在她的額上吻了一下。

他們兩人靠在一起，什麼話也不說，直到天際的晚霞漸漸消去，他們才又慢慢地踱回酒店去，那一路上，他們兩人心情的愉快，更是難以形容。

他們才一走進酒店，一位侍者便迎了上來，道：「兩位，你們有一位訪客，他已來了很久了，正在二樓等著你們！」

木蘭花和高翔兩人，都不禁「啊」地一聲，他們留戀於島上的景色，又陶醉於相互之間的感情交融之中，竟忘了國際警方會派人送資料來！

他們急忙奔上樓梯，看到二樓的客廳中，坐著一個樣貌看來十分忠誠老實的中年人，那中年人見到了他們，立時投以注意的目光。

木蘭花和高翔向他走去，那中年人站了起來。

高翔和那中年人幾乎是同時開口的，他們講的，也是同一句話：「日落西山！」只不過，高翔講的是英語，而那中年人講的是希臘語。

在講出了那句話之後，他們兩人一起笑了起來，高翔道：「真不好意思，令你久候了！」

那中年人伸出手來，和高翔、木蘭花握著手，道：「沒有什麼，能夠和兩位相識，實在太令人高興，我的名字是范達。」

「范達先生，請。」高翔將他帶到自己的房間中，木蘭花也跟了進來，范達的手中提著一隻扁平的手提箱，看來他是一個很謹慎的人。

進了房間，范達就將手提箱放在茶几上，道：「維龍的全部資料都在這裡，兩位如果要與他作對的話，那麼他是一個十分難以應付的敵人！」

高翔「噢」地一聲道：「他的專長是什麼？」

「很多，」范達回答，「而最令得我們頭痛的事是，他精於化裝，他能夠在不到五分鐘的時間內，完全變成另一個人！」

木蘭花已打開了手提箱，她聽得范達那樣說，立時抬起頭來，向范達望了一眼，范達笑了起來，道：「所以，為了小心起見，你們兩位應該檢查一下我的證件。」

高翔也笑了起來，道：「真那麼可怕？」

范達自上衣袋中，拿出了他的證件來，高翔和木蘭花看了一下，就還給了他，木蘭花在手提箱中取出了幾個文件夾來。

她並沒有打開那些文件夾，只是按住了那些文件夾，抬起頭來，道：「范達先生，這些資料，我們要進行長時間的研究……」

木蘭花並沒有明言，但是，她的用意已十分明顯。她未曾講出來的話是：范達先生，你的任務已經完成，你可以離去了，而我們還需要保留這些資料，日後自會歸還的。

木蘭花之所以未曾將那幾句話明講出來，一則，是由於禮貌；二則，她想，作為一個國際警方的幹練人員，應該能領悟她的意思。

范達果然立即明白了她的意思，他的臉上現出十分為難的神情來，他搓著手，道：「蘭花小姐，這……些資料，是從總部來的，總部的規定是——」

木蘭花忙道：「不要緊，你說。」

「總部的規定是，我們絕不能離開這些資料，像兩位這樣的身分，自然有權借閱這些資料，但是，我卻不能離開它們！」范達的笑容也很拘謹。

木蘭花立時諒解地點了點頭，她拿起了那幾個文件夾，分了兩個給高翔，道：「高翔，那我們就快看看這些資料，好將它還給范達先生！」

高翔接過了文件夾，向范達先生道：「你請隨便坐！」

范達立即答應著，高翔和木蘭花便打開了文件夾，埋頭研究起有關維龍先生的資料來，他們不時將自己看到的重要資料講給對方聽。

綜合起來之後，他們對這位在黑手黨中佔有極重要地位的維龍先生，已有了一定程度的認識：

維龍今年已經六十八歲了，從資料的記載來看，他的前半生完全是在軍隊中度過的，他最早的從軍記錄，是帝俄沙皇麾下，諾曼伯爵的直屬兵團的少校，那一年，他才不過十八歲，他率領的輕騎兵團，曾馳騁在頓河平原和西伯利亞平原，後來，退到了中國的東北。

在中國，他曾擔任過軍閥的獨立兵團司令，然後，他參加了外國僱傭兵團，在非洲作戰，又曾參加西班牙的內戰和印度獨立戰爭。

他離開了軍隊生涯，是在離開印度之後，據說，他和幾個富有的印度大王關係十分好，那幾個大王都贈給他巨大的財富，委託他組織軍隊。而他帶著那筆財富，離開了印度，他曾經企圖以那筆巨大的財富，在喜馬拉雅山下，建立一個完全屬於他的獨立王國。

但是，他卻低估了當地居民的宗教力量，是以他失敗了，他帶著大量財富到了歐洲，在第二次世界大戰期內，他神秘失蹤了。

在那漫長的戰爭歲月中，維龍先生沒有留下任何的消息，沒有一個人知道這一時期，他是在什麼地方，據猜測，他可能是在軸心國的軍隊中，擔任著高級而又極其秘密的職務。

當第二次世界大戰結束後，他在緬甸出現，又回到了歐洲，購買了好幾艘大船，作為他船務公司的開始，現在，他是西歐最大的工業家之一。

然而，有關他是黑手黨頭子的資料，也十分貧乏，只知道他和幾個已知是黑手黨頭子的人，保持著經常的聯絡而已。

維龍先生有著幾十個不同的化名，資料中也有他各個不同時期的照片，最近的一張照片，是他在雅典公開露面時拍攝的。

看來，他像是一個嚴肅的老人，和他的大工業家的身分十分相合，他幾乎精通世界各地的語言，他的學識豐富之極，他精於出神入化的化裝術。

在資料的最後，有著國際警方幾個最高級首腦對維龍的評語，評語一致認為，維龍是極其危險的人物，對他的行動宜密切注意。

最後的一項備註則是，第二次世界大戰之後，南美幾個國家的政變至少有兩次證明他曾經插手，和他屬下的輪船曾載運大量的軍火前往支援叛黨！

當木蘭花和高翔看完了全部資料之後，天色早已黑了，他們足足看了一小時之久，而在一小時中，范達先生一直坐著。

范達先生的那種警務人員應有的耐心，使得高翔十分欽佩，高翔掩上了文件夾，道：「真不好意思，我們已經看完了！」

他將幾個文件夾一起放進手提箱，將手提箱推向范達，范達提起了手提箱，站了起來，道：「兩位如果需要幫助的話——」

木蘭花立時笑了一下，道：「多謝，我們如果需要幫助，一定會隨時和你們聯絡的，現在，我們其實不是採取什麼行動，只是在一旁觀察而已。」

范達點了點頭，道：「再見，祝你們成功！」

他向木蘭花和高翔兩人鞠躬，十分有禮貌地退了出去，高翔和木蘭花一直送他到了門口，看著他走向樓梯，才回進了房間中。

高翔望著木蘭花，道：「蘭花，看來那位維龍絕不是等閒人物，我們這次，是遇到一個極強的勁敵了！」

但是木蘭花回答的話，卻和高翔所說的話全然無關，她道：「高翔，你不覺得這位范達先生，多少有一點可疑麼？」

高翔聽了，不禁大為愕然。

他忙道：「可疑？那從何說起？」

木蘭花來回走了幾步，道：「你不妨再和負責與你聯絡的國際警方人員通一個電話，詳細詢問他關於范達的外貌。」

高翔的心中雖然充滿了疑惑，但是仍然拿起了電話來，十分鐘之後，他放下了電話，道：「蘭花，來的的確是范達——」

高翔才講了一句話，在酒店下面突然響起了一陣尖叫聲，看來，那一下尖叫聲，是好幾個婦人看到了吃驚之極的事情之後，一起發出來的。

木蘭花和高翔連忙奔到窗前，向外面的街道上看去，可是他們卻看不到什麼，可知呼叫聲是從酒店的大堂中傳上來的。

他們連忙離開了房間，奔下樓梯。

他們才一下了樓梯，便已可以看到大堂中亂成了一片，一個少婦止在掩面哭泣著，酒店的職員都圍在那少婦的身邊。

一個已上了年紀的警員已走了進來，來到了那少婦的身邊，那少婦一面哭，一面道：「太可怕了，那實在太可怕了！」

而這時候，木蘭花和高翔也早已看到，在一圈圍著一根大柱的沙發上，倒著一個人，那人正是范達先生！

范達先生的右手指彎曲著，看來，他像是握著什麼東西。木蘭花自然知道，他的右手所握著的，應該是那手提箱的把手，但是現在，范達的手中卻是空的。

而且，從范達那種可怕的臉色來看，他分明已死了！

木蘭花和高翔互望了一眼，他們都沒有再向前走去，只是遠遠站著，聽那少婦尖聲在敘述著事情發生的經過。

那少婦的聲音很尖銳，顯然她是受了極度的驚恐。她道：「我看到這位先生坐著，我想問他這個城中是不是有別的酒店，因為這裡住滿了人，他抬起頭來，向我望了一下，突然倒了下去！」

那個警員安慰著那少婦，道：「太意外了，夫人，你不必怕，像這位先生那樣年齡的人，是很容易有心臟病猝發症的。」

在亂成一團的人叢中，還有幾個嘰嘰喳喳不停在講著話的中年婦人，證實那少婦所說的是事實，那少婦又掩面哭了起來。

高翔看到這裡，立時道：「蘭花，我去通知國際警方！」

木蘭花點頭道：「好的，你留在房間中，安妮和秀珍今晚應該可以到了。」

高翔回答道：「你有什麼事？」

「我去跟蹤那少婦。」木蘭花的回答很簡單。

高翔臉上的神情更是怪異，因為他實在想不透，木蘭花為什麼要去跟蹤那少婦，那少婦看來只是一個外地來的遊客而已。

但是不等高翔問由來，木蘭花已經道：「這少婦是凶手，范達是她殺死的，我會去跟蹤她，我想她和黑手黨一定有聯繫！」

高翔還想再問木蘭花，根據什麼才如此肯定那少婦是凶手的，但是這時，那警員已替少婦挽起了一隻旅行衣箱，推開了別人，向外走出去。

另外幾個警員和醫生趕到，檢查著范達，侍者正向後來的警員說著話，木蘭花道：「高翔，你還得應付警員的盤問，我先走了！」

她說一聲走，立時低著頭，向外走了開去，她轉過了人叢，來到了酒店門口，當她到了酒店門口，回頭望去時，已看到一名警官向站在梯口的高翔走了過去。

那是木蘭花意料中的事，因為侍者是知道范達到酒店來的目的，是來找他們的，侍者自然會將自己所知告知警方，警方當然也會向高翔來調查的。

但高翔絕不會有什麼麻煩，因為高翔只消說明身分和道出范達的身分，那就沒有事了，是以木蘭花又立時向外走去。

在她走下石階時，看到那少婦在那名警員的挾持下，押上了一輛警車，木蘭花立時走向最近的一輛出租汽車，她將一疊鈔票放進出租汽車司機的手中，且簡單地講了一句，道：「向前去，跟著那輛警車。」

那司機退了一步，看看手上的鈔票，吹了一下口哨，立時發動車子，尾隨在那輛警車之後，不到十分鐘，車子便停在警局門口。

木蘭花下了車，揮手叫出租汽車離去。

她先在警局附近走了一遭，並沒有發現什麼可疑的車輛與行人，她就在警局的門口一株大樹之下，站立著不動。

她大約等了十五分鐘，便看到兩名警員送那少婦走了出來，那兩名警員看來像是要送那少婦離去，但那少婦堅決拒絕。

終於，那少婦成功了，她單獨離去，手中提著她的衣箱，那衣箱看來很輕，因為那少婦提著它，一點也不覺得什麼吃力。這更令得木蘭花的信心增加，使她相信自己的判斷不錯，那少婦根本不是什麼遊客，而是殺害范達的凶手！

而她的衣箱中，可能什麼也沒有，只有范達的手提袋！

那少婦在獨自走下了警局的石階之後，向前面走出了兩步，向前張望了一下，才繼續向前走去，木蘭花連忙跟在她的後面。

才跟過了一條街，木蘭花便加快了腳步，接近那少婦，那少婦也十分警覺，在木蘭花向她接近的時候，她突然轉過身來。

但是，當她轉過身來的時候，木蘭花已在她的身前了，而且，根本不等她開口，木蘭花便已說道：「夫人，卡爾沙大酒店並沒有住滿人，你的謊話太拙劣了！」

那少婦陡地一呆，她的神色立時變了。

木蘭花笑了起來，道：「你不妨再來一次尖叫，警局離這裡很近，立時會有警方人員提到的，那時，事情就很有趣了！」

那少婦的面色變得十分難看，她的右手提著手提箱，但是她的左手立時揚起。

木蘭花早就發覺到她左手上所戴的那枚戒指，大得很異樣，是以一看到她提起左手，便立時趨前一步，一伸手，托起她的左手。

就在那一剎間，只聽聞極輕微的「啪」的一聲響，發自那枚戒指之中，而在那戒指中，也像是有什麼東西射了出來。

那少婦的手腕已被木蘭花托高，自她手上所戴的戒指之中射出來的東西，自然也未曾射中木蘭花，而不知射到什麼地方去了！

木蘭花立時冷笑了一聲，道：「你就是用這個方法來謀殺范達的，是不是？范達的資料當然也在你的衣箱之中了？」

那少婦的面色，在燈光之下看來，蒼白得難以形容，木蘭花一轉手，將那少婦的手背扭了過來，令那少婦背對著她。

那少婦低聲地呼叫了一下，道：「你……想怎樣？」

木蘭花一伸手，奪過了她手中的衣箱，道：「帶我到你們的總部去，我想知道黑手黨在這裡，派出什麼人來對付我！」

那少婦突然轉過頭來。她被木蘭花扭著手背，是以，她轉過頭來的姿勢十分勉強，但是她還是硬轉過身來，用一種十分驚訝的神色望著木蘭花。

她的聲音之中充滿了驚訝，道：「你……說什麼？黑手黨？你以為我是黑手黨的？」

「當然是，小姐。」木蘭花冷冷地回答。

那少婦陡然鬆了一口氣，道：「那麼，你弄錯了。」

木蘭花冷笑著道：「我弄錯？你殺了范達！」

「我沒有殺他……我只不過將他昏迷過去而已！」那少婦連忙分辯著，「我的目的，只是奪過他手中的那隻手提箱。」

木蘭花略笑了一笑，事情會有那樣的變化，倒是她想不到的，她立即又道：「那麼，你要他的手提箱，又是為了什麼？」

那少婦的神情已鎮定了許多，她道：「那手提箱中，有維龍的資料，是不是？我們需要對他作進一步的了解。」

木蘭花立時又問道：「所謂你們，那又是什麼人？」

那少婦並沒有回答，而只是又問道：「你……你是誰？」

「我是木蘭花。」

那少婦一聽到木蘭花的名字，立時現出了驚喜交集的神情來，道：「我知道你，我們都知道你，你和范達——我明白了，你也是為維龍而來的。」

木蘭花皺著眉，她仍然不明白那少婦的身分。

那少婦卻顯得十分興奮，她道：「你可以相信我和我的朋友，你完全可以相信我們，我會帶你去見他們的，你肯去麼？」

木蘭花暗中想了一想，就鬆開了那少婦的手。

但是，她在鬆開了那少婦手的同時，順手將她手上的那枚戒指褪了下來，那少婦揮了揮手，道：「請跟我來，木蘭花小姐。」

木蘭花和那少婦一起向前走去，他們走出了幾條街，在一扇門前停了下來，那少婦有節奏地拍著門，門立即打開了。

當那扇門打開來的一剎間，木蘭花的心中也不禁十分緊張。她看到開門的，是一個三十來歲的鬈頭髮中年人，他用奇異的眼光望著木蘭花。

那少婦已經走了進去，木蘭花就跟在她的後面，那少婦進門之後，第一句話就道：「他們全在麼，我帶了一個好消息回來。」

那鬈頭髮的人點了點頭，目光仍然停留在木蘭花的身上，他後退著，打開了另一扇門，那是一間很清雅的會客室。

有三個人坐著，那少婦已向木蘭花道：「小姐請！」

他們走了進去，裡面的三個人，全站了起來，其中一個是三十歲左右的人，是一個殘廢，他斷了一條腿，用拐杖支撐著身子。

那少婦走到了客廳的正中，木蘭花仍靠近正門站著，因為她直到如今為止，仍然不知道那些人究竟是何方神聖。

她那樣靠近門口站著，如果突然間有什麼變故，那麼，她至少可以先退去，不至於被困在這個起居室之中。

木蘭花一站定，那少婦已帶著殷勤的聲音道：「各位，這位便是鼎鼎大名的木蘭花小姐，我們聽聞她的名字，已不止一次了！」

各人的臉上，立時都現出驚奇的神情來。

木蘭花從各人的神情上，至少已可以看出，眾人對她都是表示歡迎的，她用十分平靜的聲音道：「各位！各位是——」

那少婦道：「我們是戰犯搜索團，木蘭花小姐，你聽說過這個名稱麼？」

木蘭花的雙眉陡地一揚，她聽過這個名稱，所謂「戰犯搜索團」，並不是一個正式的組織，在世界各地都有存在。

這種團體的目的，是將在第二次世界大戰結束之後，逃匿躲藏的戰犯找出來，送到戰犯法庭去，送到國際法庭制裁！

這種搜索團的成績很不錯，有不少改名換姓的戰犯，全是靠他們提供證據，而落入法網的，其中還包括好幾個著名的納粹頭子在內。

木蘭花點了點頭，那少婦又道：「我們現在注意的目的，是維龍先生，我們懷疑他是二次大戰時期，希臘和義大利境內的最高秘密組織的首腦，我們得到了他來到千地亞島的情報，也知道國際警方派人送他的資料來，所以我才動手的。」

木蘭花的心情已不再這麼緊張了。她望著那少婦，道：「你是怎麼知道的呢？」

那少婦笑了起來，道：「戰爭雖然過了許多年，但是戰爭帶給人們的創痛仍然存在，我們受過戰禍的人，都痛恨戰爭！」

木蘭花道：「你是說，國際警方中也有你們的人？」

那少婦只是笑了笑，並沒有正面回答。

木蘭花並沒有再追問下去，因為她已經等於得到了回答，她道：「這份資料對你來說，沒有什麼用，因為國際警方也不知道他在哪一個時期，進行什麼活動的！我看過了這份資料，你們可以相信我！」

那些人顯然都相信了木蘭花，因為他們的臉上都現出了失望的神色來，那個肥胖的中年人道：「可否等我問你一個問題麼？」

「請！」木蘭花立時說。

3 偽裝計劃

那個肥胖的中年人問道：「蘭花小姐！你又是為什麼會發覺維龍的？」

木蘭花略想了一想，道：「我想，這問題我很難告訴你們，因為維龍現在真正的身分，是黑手黨的大頭子之一，他的地位十分高。」

「我們也聽說過——」鬈頭髮的回答，「但是我們不明白他為什麼到干地亞島來，我們曾多方面偵查，但是都沒有結果。」

木蘭花道：「我勸你們別再繼續偵查了。」

一個紅頭髮的小伙子道：「為什麼？」

木蘭花笑著道：「他來干地亞島，和你們團體的宗旨完全無關，他要全力進行一件事，現在絕非你們對付維龍的好機會！」

那稍肥胖的中年人喃喃地道：「只要讓我見他一見，我就可以認出他是不是曾鋸斷我的腿的那個納粹魔王了！」

那中年人在講這句話的時候，臉上的肌肉在跳動著。

木蘭花道：「可是，他十分精於化裝術！」

那中年人道：「是的，但是我還是可以認出他來，因為當時，我在他的手臂上咬了一口，那一口，一定留下一個難以掩飾的傷痕！」

木蘭花道：「好，如果我能見到他——我想我能夠——我一定留意他的手臂上，是不是有這個傷痕。」

屋中的人都靜了下來。

那紅頭髮的小伙子首先打破沉寂，他有點不高興地道：「木蘭花小姐，你的意見是，你拒絕和我們合作，是不是？」

木蘭花道：「不是，但你們不必要冒險。」

那少婦皺著眉頭，道：「我們的計劃是綁架維龍！」

木蘭花也皺起了眉，她向室內的那幾個人望了一眼，她從來也不敢輕估任何人的力量，因為她知道人的力量是無窮的，當一個人立定心志要做一件事時，雖然在事先看來是不可能的事，但有時也可以成功的。

木蘭花不出聲，那斷腿中年人又道：「我們綁架維龍，當然是一種不合法的行動，但在我們取得證據之後，我們一定會將他移交給有關方面，讓他接受公正審判！」

紅頭髮的小伙子越來越急躁，他來回走著，然後道：「好了，我們已說夠了，我們的一切，她全知道了，但是她告訴了我們什麼？」

那紅頭髮的小伙子一嚷，房間內頓時靜了下來。

木蘭花感到氣氛有點尷尬，她微笑著，平靜地道：「我並沒有要求你們將你們的事講給我聽，當然我也沒有義務將我的事講給你們聽，對不對？」

室中所有的人，都望定了她。

木蘭花的神態還是那麼鎮定，她道：「我勸你們放棄這個行動，我不是低估你們的力量，但你們也不能低估了維龍的力量。」

紅頭髮小伙子連聲道：「廢話！廢話！」

那少婦斥道：「彼德，對客人有禮貌些！」

紅頭髮小伙子走到落角，在一張椅子上坐了下來，不再出聲。

木蘭花卻並不發怒，仍然微笑著，她向著那少婦道：「你襲擊國際警方的人員，這件事也不必追究了，但是維龍的資料卻是機密文件，不能隨便流落在外，我必須送回去！」

那少婦怔了一怔，還未曾有什麼反應間，紅頭髮小伙子又從屋角處直跳了起來，他一揚手，手中竟然多了一柄手槍！

而且，他那柄手槍，是對準了木蘭花的！

木蘭花的笑容顯得更可親，她知道自己根本不必出聲，因為她明白，她和那些人之間，根本不是敵對的，他們只可能成為朋友，而不能成為敵人！

果然，紅頭髮小伙子槍才一出手，幾乎所有的人一起都對他呼喝了起來，那斷腿中年人的呼喝更嚴厲，大聲責罵著他，紅頭髮小伙子憤然收起了手槍。

木蘭花這才道：「其實，那些資料很普遍，尤其在二次世界大戰期間，根本沒有什麼記載，可以說得上只是一片空白！」

那少婦略為遲疑了一下，才噓了一聲，道：「好的，你取回去吧！」

接著，她又像是自言自語地說道：「這次行動，恰好遇到了你，不知道是幸運還算是倒霉，你可以給我答案？」

她說著，抬頭向木蘭花望了過來。

木蘭花道：「照我的想法，如果你們肯聽我的勸告，那麼，你遇到了我，就是一件幸事，我不贊成你們採取行動。」

那斷腿中年人道：「可是我必須採取行動！」

木蘭花想了一想，道：「你們可有聯絡中心，我是指，用最快捷的，方便的方法，可以和你們取得聯絡，該用什麼法子？」

那中年人和少婦對望了一眼。

木蘭花又道：「我知道維龍現在在什麼地方，和在進行著什麼事，我準備去找他，如果有了適當的對付他的時機，那麼我就和你們聯絡。」

那中年人探過頭去，對另一人道：「將我們的無線電通訊周率，告訴木蘭花小姐。」

另一個人立時講出了一個周率的數字來，木蘭花將那數字在心中默念了幾遍，她有過人的記憶力，她不會忘記。

她道：「感謝你們對我的信任，希望你們也相信我，我絕不會同情一個過去的納粹戰犯和現在的黑手黨頭子的，你們可以相信我這一點！」

除了那紅頭髮小伙子之外，人人都道：「我們相信。」

木蘭花揚了揚在她制服了那少婦後，一直由她提著的手提箱，道：「那麼，再見了，彼德，等我的消息，別亂來。」

木蘭花話一說完，便轉身走向門口。

一個人搶到門前，替她開了門，那人道：「木蘭花小姐，今天晚上的會見，請你保守秘密，我們不想被黑手黨徒追上門來。」

「當然。」木蘭花跨了出去。

她迅速地走過了一條街。她本來以為那少婦是黑手黨中的人，可是追蹤的結果卻發生了那樣的意外，這也是她始料不及的。

她在十五分鐘之後，回到了酒店，高翔已等得發急了，而當高翔看到她提著手提箱回來時，臉上所現出的那種歡喜神情，也足令木蘭花感動。

高翔迎了上來，說道：「蘭花，他只是昏了過去！」

木蘭花道：「我已知道了，他在什麼地方？是在醫院中？高翔，你去將手提箱送回給他，資料全在裡面，好讓他快回去。」

高翔接過手提箱，看他的神情，木蘭花知道他想問自己什麼，木蘭花笑道：「等你回來，我詳細告訴你，小心些！」

高翔答應著，走了出去。

木蘭花回到了房間中，坐了下來。她需要靜靜地想一想，因為她對於自己四個人如何進行工作，還沒有一個完整的計劃，她也不知道那些人是不是肯接受她的勸告。

木蘭花之所以不要那個搜索團的成員去綁架維龍，一來是怕那些人白白犧牲，二來，是怕打擾了她的計劃，因為木蘭花的初步計劃是觀察，她準備利用

「兄弟姐妹號」的卓越性能，潛入海底，進行觀察，而並不採取什麼行動。

因為，維龍率領的龐大搜索團，不一定能發現幾千年前沉沒在海底的古城，如果他們根本沒有什麼發現，那木蘭花自然也不會採取什麼行動。

自然，那是木蘭花初步的計劃。現在，計劃多少有點改變，那就是，就算黑手黨一無所獲，她至少也要盡力幫助那戰犯搜索團，弄清維龍的底細。

高翔不到半小時之內，就回到了酒店，木蘭花將自己跟蹤那少婦的經過和高翔說了一遍，夜已很深了，他們各自就寢。

第二天清早，他們各自被一陣擂門聲吵醒，門一打開，穆秀珍和安妮已經站在走廊上了。

穆秀珍一見木蘭花，就大叫道：「太奇妙了！」

高翔揉著睡眼，打開了房門，道：「什麼奇妙？」

「『兄弟姐妹號』！」穆秀珍說：「它真了不起，它的速度幾乎及得上普通的噴射機，我還是第一次試飛它！」

木蘭花和高翔兩人笑了起來，木蘭花道：「它泊在那裡？我們立即就行動！」

穆秀珍道：「好啊，打一個落花流水！」

木蘭花搖著頭，道：「秀珍，別以為會有打一個落花流水的機會，可能我們只是一直在海底伏著，伏上十天半個月。」

穆秀珍呆了一呆，道：「那做什麼？」

木蘭花道：「我們在海底進行相當距離的觀察，秀珍，但是你還是有工作可做的，你的工作是在海底將『兄弟姐妹號』偽裝起來！」

但是穆秀珍顯然不滿足做這種工作，她發了一回呆，又長長的嘆了一聲，道：「早知這樣，我就不來這裡了！」

安妮抿著嘴，笑道：「秀珍姐，想想工廠中的那些會議，那些報告，你就覺得到這裡來，無論如何都有趣得多了。」

穆秀珍是一個十分爽朗的人，她立時給安妮的話逗得高興了起來，她右手一揮，大拇唇向中指相叩，發出「得」地一聲，道：「對！」

木蘭花和高翔略為收拾了一下，就離開了酒店，他們租了一輛車子，直駛向海邊，來到了「兄弟姐妹號」停泊的所在。

在外表上看來，「兄弟姐妹號」和普通的遊艇並沒有多大的分別，誰也想不到它有那麼多的裝置，和那麼優越的性能。

「兄弟姐妹號」曾幫助木蘭花他們完成不少工作，這次事情突然，如果沒有了「兄弟姐妹號」，只怕聰明如木蘭花，也不知該如何才好了！

他們登上了「兄弟姐妹號」，安妮正準備著早餐，他們吃完了一頓豐盛的早餐，才駛著「兄弟姐妹號」離開了海岸。

等到「兄弟姐妹號」來到了一望無邊的海洋，雷達儀器上註明三百碼之內絕無其他船隻之際，他們才進入了艙中。

穆秀珍控制著駕駛系統，一層金屬板自艇舷的兩邊伸出來，將整艘艇包住了，「兄弟姐妹號」開始潛航了。

等到「兄弟姐妹號」穩定地在海底五百呎深度處潛航時，木蘭花將自己的計劃向各人講了一遍。

木蘭花講了十來分鐘之後，然後才道：「這只是一個初步的計劃，因為以後的事態如何發展，我們全然不知道。」

穆秀珍：「為什麼我們不破壞他們的船隻？」

木蘭花搖著頭，道：「秀珍，如果你以為對方那二三十艘遊艇也會只是普通的遊艇，那你就大錯特錯了！」

穆秀珍張大了口，沒有再出聲。

木蘭花又強調著：「所以我們的第一步工作，就是觀察，不要以為那是容易

浮游生長，而又連結成一大團，可以讓我們偽裝用的？」

安妮呆了一呆，她的知識已經算是極其豐富的了，但是這個問題還是回答不上來，她忙道：「秀珍姐，告訴我，是什麼海藻？」

穆秀珍的聲音很得意，她道：「是大紅絨藻，只有這種海藻才合我們用，在地中海的海中，這種海藻往往連綿好幾里長！」

「怎樣才能找到它們？」

「它們是章魚的安樂窩，我們如果可以發現一些章魚，跟隨章魚，就可以找到大紅絨藻了，留意一下那種醜惡的八爪魚！」

安妮答應著，她們兩人相距不到幾碼，一直向前游著，不一會，安妮大聲叫了起來，道：「秀珍姐，你看，大龍蝦！」

穆秀珍轉過頭去，看到兩隻足有十磅重的大龍蝦，從岩洞中緩緩爬出來，穆秀珍忙道：「叫你留意章魚，不是龍蝦！」

安妮笑著道：「可是，秀珍姐，章魚最喜歡捕食龍蝦，有龍蝦的地方，就可能有章魚出現，啊，你看，章魚已經出現了！」

不待安妮指點，穆秀珍也看到那章魚了！

那章魚原來就離她們相當近，但是當牠黑褐色、有斑點的身子靜止不動時，牠看來完全像是在海底一塊普通的石頭！

牠的身子不過一呎長，但是滿是吸環的觸鬚，卻足有五六呎長，牠正漸漸蠕動著，向那兩隻大龍蝦走近去，準備突然的一擊。

穆秀珍忙道：「快衝過去，趕牠走！」

安妮扳下了推進器的鈕掣，她前進的速度突然加快，衝向那隻章魚，章魚的兩隻大眼睛中，閃耀著一種十分奇妙的光芒。

牠立即知道遇到敵人了，是以牠的身子收縮，以極高的速度向後退去，安妮和穆秀珍緊緊跟隨著那章魚。

在繞過了一大堆礁石之後，她們看到那章魚迅速地沒入了一大片暗紅色的海藻上中，穆秀珍笑道：「我們找到大紅絨藻了！」

她們接近那大紅絨藻，自推進器中射出了四五隻大鉤子來，鉤子射進了海藻之中，當她們再全力發動推進器前進的時候，一大片海藻，足有兩三百平方呎被鉤子拉了起來，隨著她們前進，自海藻中竄出來的章魚，至少也有一百多尾。

當她們回到「兄弟姐妹號」旁邊的時候，看到木蘭花和高翔也在忙碌地工作著，他們兩人正在拉著一條天線，連接在一個環上。

木蘭花轉過頭來，向穆秀珍做了一個工作已然完成的手勢，她和高翔游了開去，穆秀珍和安妮拉著那一大片海藻，覆在「兄弟姐妹號」上。

當他們四個人全都回到了船艙中之後，木蘭花按下了幾個掣，一幅電視螢光幕上現出了「兄弟姐妹號」的全貌來。

那時的「兄弟姐妹號」，完全是一大團海藻，只有經過極其仔細的辨認，才可以看到有五六根電視攝像管自海藻中升了出來。

木蘭花表示十分滿意，她察看了一下方向儀器，道：「我們現在可以接近他們了，我想，就算離他們只有一百碼，他們也不易發覺了。」

穆秀珍揚起手來，道：「繼續前進！」

「兄弟姐妹號」繼續潛航著，速度保持得十分高，他們四個人全在駕駛艙中，由於預料根本不會有什麼危險發生，是以他們都十分輕鬆，說說笑笑，如同在家中一樣。

在輕鬆的氣氛中，時間也過得很快。當木蘭花又檢查了一次方向儀之後，她道：「我們已快到目的地了。」

安妮來到控制台前，按下了所有電視的按鈕，螢光幕上，不多久便現出了海中的情景來，安妮又將遠程攝像管的距離放遠。

船繼續在行駛著，而當又駛前了一千碼之後，他們全可以看得到，前面的海水，有一大團變得十分混濁，而且，早已看不到什麼魚類。

由此可知，一定是有人在海底進行龐大工程！

木蘭花沉聲道：「減低速度。」

穆秀珍漸漸地扳下一支槓桿，船仍在前進，但是速度已慢了許多，漸漸地，他們在另一個螢光幕中，已可以看到許多船的底部。

而儀器上的距離指針表明，他們離那些船是七百碼。船仍漸漸在接近，到了三百碼時，木蘭花又道：「停止前進，下錨。」

船身輕微震動一下，停在距離二百五十碼處。

木蘭花對安妮道：「將攝像管升上海面。」

安妮的神情十分嚴肅，她按下了幾個掣，半分鐘之後，在一幅極大的螢光幕上，已經可以看到清楚的彩色畫面。

他們看到約有三十艘大大小小的船隻，圍成了一個圓圈，在那個大圓圈的正中，兩艘巨大的，有深海挖掘的船隻，正在進行工作。

那就是為什麼海水十分混濁的原因了。

木蘭花走向控制台，她慢慢地調節著電視攝像管前附加的遠距離觀察鏡，不一會，螢光幕上的畫面便為一艘十分美麗的遊艇所塞滿。

木蘭花望著那遊艇道：「如果這艘遊艇是指揮船的話，那麼我們就有可能在這艘船上，看到黑手黨的大頭子維龍。」

她再調節著鈕掣，使畫面上的遊艇更接近，現在，不止可以看到那遊艇的船首部分，也可以看到在船首的甲板上有不少人，但是，所有的人全是站著的，只有一個人坐著。

那人坐在一張帆布椅子上，看來他的身形很高大，但是卻看不到他的臉部，因為有兩個人正遮住了他，那兩個人像是正在拿著什麼給他看。

過了一會兒，那兩個人離開了，另外兩個人走向前來，那人轉過頭來，木蘭花他們又只能看到那人的後腦。

但是他們卻已可以看清，那人的頭髮有一大半全都變成銀白色了，看來，他的年紀應該在七十上下，穆秀珍忙道：「看，那就是維龍！」

木蘭花糾正著她，道：「可能是。」

安妮嘆了一聲，道：「能聽到他們在講些什麼就好了！」

穆秀珍道：「那太容易了，我潛水前去，將一具偷聽器放在那遊艇的船首部分，那麼，我們就什麼聲音都可以聽得到了。」

穆秀珍一面說，一面望定了木蘭花。

木蘭花道：「這是一個好主意。」

穆秀珍高興得跳了起來，大嚷道：「我立即就去。」

木蘭花搖著頭，道：「不是現在，也不是你去，到天黑了，我去，」

穆秀珍大叫了起來道：「不行，我潛水好！」

木蘭花的聲音十分冷靜，道：「在海中潛泳三百碼，人人都可以做得到，但是要將偷聽器放到船上去，卻不是人人都做得到的。」

穆秀珍嘟起了嘴，好一會不出聲。

過了半晌，她才道：「等天黑了也沒有用，他們說不定會連夜工作。」

木蘭花微笑著道：「我斷定他們不會，他們一定會停下來，察看一下他們挖掘的結果，現在海水那樣混濁，我們看不清，他們也一樣看不清！」

穆秀珍沒有什麼話可說了。

這時，坐在帆布椅上的那老人，已轉過頭來。他幾乎是對準了電視攝像管的，是以，木蘭花他們可以將他看得十分清楚，他是一個十分壯碩的老人，面色紅潤，雙眼有神。

如果他就是維龍，那麼，這不知是不是就是他的本來面目？

木蘭花他們又看到那老人揮著手，像是發出了一道命令，而站在甲板上的另一些人，都用心聽著。

那老人顯然是一個重要人物，這一點，可以從甲板上那些人，個個臉色恭謹、態度拘束這一點上看出來。

木蘭花又看了好一會，才道：「測量一下他們所在的正確位置，然後，高翔，再找出這一地區的海事資料來，看看他們挖掘的是什麼所在。」

高翔答應著，而木蘭花像是已對電視螢光幕上的景象失去了興趣，她走開了幾步，在一張搖椅之上坐了下來。

她慢慢搖著身子，閉上了眼睛。

安妮和穆秀珍兩人則同時注意著電視螢光幕。

海面上和海面下的情形，她們都看得很清楚，在海水下，一片混濁之中，她們可以看到有不少潛水人在游來游去，但也不知他們在做什麼。

海面上，其他的船隻上都很安靜，那老人過了不多久，也走進了艙中，高翔也拿著一大幅地圖，走了過來，道：「蘭花，他們是在這裡！」

高翔攤開了地圖，伸手指了一指。

木蘭花睜開眼來，看了地圖好一會，才道：「如果他們是在這裡挖掘的話，那麼他們會遭遇到很大的困難，這裡是一連串珊瑚礁！」

安妮轉過頭來，道：「蘭花姐，你還記得麼？那塊磚頭上有許多小孔，那分明是珊瑚蟲侵蝕的痕跡。」

穆秀珍「哼」地一聲，道：「那東西還是我帶回來的！」

木蘭花知道穆秀珍還在生氣，她笑著道：「好了，秀珍，當他們停止工作之後，由你去潛水放置偷聽器，好不好？」

穆秀珍立時睜大了眼睛，道：「自然好！」

木蘭花望了她半晌，才道：「可是你得記著，只能放置偷聽器，一放好了，立刻就回來，我不准你去節外生枝，你明白了？」

穆秀珍不假思索道：「自然明白。」

木蘭花的心中暗嘆了一聲，穆秀珍回答得如此之快，那表示她根本沒有將自己的話放在心上，是以她又道：「我和你一起去。」

穆秀珍眨了眨眼，道：「也好。」

木蘭花不再說什麼，她翻閱著高翔拿來的許多有關這一海域情形的參考書。

不出木蘭花所料，當天色漸黑之際，他們停工了，在海中的潛水人全游了上來。而在一小時之後，海水也漸漸回復了澄清，他們看到有幾盞極強力的探射燈被放下海中，看來，黑手黨的挖掘已很有成績了。

在海底，一大片珊瑚礁上，已有著一個極大的洞穴，那個洞穴，看來就如同海底的一個火山口一樣。

又有幾個潛水人潛下去，在洞穴的附近游動著，像是正在察看著什麼，木蘭花他們在「兄弟姐妹號」的電視螢光幕中看來，根本看不到什麼。

他們看了好一會，才又看到一支巨大的吸筒移近那洞穴，將那洞穴中的海沙和碎塊一起吸到別的地方去，海水又有些混濁。

黑手黨的工作，一直進行到黑夜才停了下來。

當海水中變得一片漆黑之際，木蘭花站了起來，道：「秀珍，我們該去了。」

穆秀珍搓著手，道：「好！」

4 海底救援

她和木蘭花一起換上了潛水衣，不多久，她們便在漆黑的海水中前進，當她們前進了約莫百碼之後，她們浮上了水面。

即使在黑暗中，她們也可以清楚地看到她們的目標，她們又潛入水中，一直到當她們已可以摸到那遊艇的底部了，才又浮上水面來。

四周圍十分靜，除了浪花拍在船邊上，激起一陣輕微的「啪啪」聲之外，並沒有任何的聲響，而除了各船的船尾部分還亮著一盞燈外，幾乎也沒有任何光芒。

木蘭花和穆秀珍兩人的頭部已完全露出了水面，她們一起除下了潛水面罩，慢慢地游到了登上遊艇的梯子邊上。

遊艇上十分平靜，甲板上根本沒有人，她們迅速爬了上去，背靠著艙壁站著，木蘭花也立時取出了一具附有磁石的偷聽器來，吸在艙壁向甲板的部分。

然後，她拉過了一串掛在艙壁上的繩子，遮住那偷聽器，她一放好了偷聽器，立時拉了穆秀珍，示意穆秀珍離去。

穆秀珍自然知道木蘭花拉她是什麼意思，但是她卻笑著，揚了揚手，在她的手中，有著另一具偷聽器在，她又向船艙指了一指。

木蘭花知道穆秀珍是想放多一具偷聽器在船艙中，她立時臉色一沉，搖著頭，可是穆秀珍卻已轉身，向船艙走了過去。

木蘭花忙一伸手，將她拉住。

穆秀珍回過頭來，一副可憐巴巴的神情望定了木蘭花，木蘭花不禁又是好氣又是好笑，她想，幸虧自己和她一起來，不然，不知道她會做出什麼事來。

木蘭花堅決地搖著頭，表示不行，穆秀珍嘆了一聲，老大不願地被木蘭花拉了回來。

她們兩人才退出了一步，遊艇上有一個船艙的窗口，突然亮起了燈光，木蘭花和穆秀珍突然一呆，她們迅速奔下樓梯。

她們的身子只沉下了一半，便看到有人從船艙中走了出來，那人持著一支電筒，四周照射著，木蘭花做了一個手勢，她們兩人一起沉進水中去。

她們沉下去的聲音十分微弱，是以並不怕甲板上的那人看到，穆秀珍在沉下水去的那一剎間，還停了一停，抬頭向上一看。

她看到那個持著電筒的人，在甲板上兜了一圈，又走回了艙中，她也沉到水中之後，木蘭花又道：「秀珍，如果你還是那樣的話，我立刻叫四風來接你回去！」

穆秀珍吃了一驚，忙道：「蘭花姐，你以前不是那樣的啊！」

「以前和現在不同，秀珍，以前，你自己的事，自己負責，但是現在，你還要對四風負責。秀珍，別忘了，你是結了婚的人！」

穆秀珍一面向前游著，一面道：「連自由也沒有了？」

木蘭花笑了起來，道：「可以說，你不能任性了，現在你還沒有孩子，如果你有了孩子，那麼，你會感到受到更多的束縛！」

穆秀珍沒有說什麼，只是哼了一聲。

木蘭花知道，像穆秀珍那樣一個生性好動，愛冒險的人，婚姻生活對她來說，在開始的時候，必然造成一種「束縛」之感。

但是婚姻關係卻絕不是單方面的，可以任性的，而必須在每一個時刻都關懷著對方，那樣才能造成夫婦間的和諧。

木蘭花也知道穆秀珍很快就會明白這一點的，所以，木蘭花對於穆秀珍這時心中的不快，也並不以為意，她們一起游回了「兄弟姐妹號」，穆秀珍除去了潛水衣之後，就在床上和衣躺著。

安妮望了望木蘭花，木蘭花只是微笑著，安妮故意裝出什麼也不知道的神氣，講了幾個笑話，穆秀珍便已忍不住哈哈大笑起來。

木蘭花道：「好了，留一個人值夜，其餘的人也該睡了，誰先開始？」

安妮忙道：「我。」

高翔道：「等你感到疲倦時，來叫醒我！」

他們商議停當之後，各人都回到了臥艙中，只有安妮還留在駕駛艙中，對著那十幾幅螢光幕。

電視螢光幕上展現的景色，平靜之極，不論是海面還是海底，都同樣平靜，因為夜已深了，只怕每一個人都在睡鄉之中。

安妮對著那許多平靜而沒有變化的電視畫面，不到半小時，她已連打了兩個呵欠，她隨手拿起一本書來翻閱著。

可是，她是責任心十分強的人，叫她不去注意她應該注意的事，而專心去看書，她卻也做不到這一點，是以她只是翻了幾頁，就放下不看。

當她放下書後不久，她突然看到，在一幅螢光幕上，起了一個閃亮的圓點，安妮的精神不禁一振，她還看不清那是什麼東西。

但是，海中有了光亮，總算有新的變化來了！

她忙調整著電視攝像管的距離，使她可以將那個發亮的圓點看得更清楚，而那發亮的圓點，也正以相當快的速度，在向「兄弟姐妹號」接近！

安妮的心中，登時緊張起來。

在那剎間，她立時想到的便是叫醒木蘭花！

但是一轉念間，她又放棄了這個念頭，因為情況稍有變化，她應該自己來應付，不然，動不動叫醒人，要她值夜來做什麼？

安妮又旋轉了幾個掣鈕，這時，只有幾個螢光幕上可以看到那閃亮的圓點了，同時，也可以看清，那是一盞強力的燈。

而那燈，是附著在一艘看來好像是一支雪茄的小潛艇上的。

安妮忙又察看著一些電器，雷達波的探射器指示出，那小潛艇只不過十六呎長。小潛艇的確是在接近「兄弟姐妹號」，但是，它卻並不是從前面正在進行海底發掘的方向來的，而是從西北面疾駛過來的。

當那艘小潛艇來到了離「兄弟姐妹號」幾乎只有五十碼之際，它的速度減慢了，終於停了下來，而停下之後，它距離「兄弟姐妹號」絕不會超過十碼。

安妮的心情更加緊張，她調節著焦點，便一按電視攝像管，對準了那小潛艇，這時，她甚至可以看到小潛艇身上的鉚釘孔！

那是一艘製造得十分粗陋的小潛艇，可能是利用二次世界大戰時期舊式的小潛艇來改裝的。

當它停下不動之後，安妮心中大是疑慮，不知道那艘小潛艇是什麼來歷，她也決不定自己是不是應該先發制人，先去攻擊那艘小潛艇，以免在遭受攻擊時措手不及。

剛才，當那小潛艇越來越接近「兄弟姐妹號」時，有一度，安妮的手指已經放在魚雷的攻擊鈕之上了！

但是她心中總記得木蘭花的話，木蘭花曾不止一次地告訴過她，在發動任何致命的攻擊之前，應該考慮，再考慮！因為，致命性的攻擊一發出，絕對無法挽回的！

木蘭花的話，令得安妮考慮到，「兄弟姐妹號」是經過徹底偽裝的，那小潛艇接近，可能根本不知道有「兄弟姐妹號」存在，它一定以為那是一大灘海藻！

而現在的情形，也證明了這一點。

因為小潛艇在停下不久，艇首的燈便熄滅了，它也完全潛伏了下來，安妮在電視螢光幕上看到的景象，立時呈現了一片暗紅色，那是紅外線裝置的電視攝像管開始發揮它的作用了。

安妮仍然用心注視著，她看到那小潛艇略為搖擺了一下，在它還未曾沉到海底之前，自它的底部，有兩個人放了出來。

那兩個人配備著普通的潛水工具，他們一游出來之後，其中有一個人更接近電視攝像管，是以螢光幕上映出了他整個頭。

安妮可以清楚地看到，那是一個年輕人，而這個年輕人，有著一頭紅髮。一看到了那一頭紅髮，安妮便完全明白了。

她知道，那艘小潛艇，是屬於木蘭花曾提起過的那個「戰犯搜索團」的，看來，他們並沒有接受木蘭花的勸告，他們仍然想去綁架維龍！

當安妮一想到這裡的時候，她覺得非通知木蘭花不可了，她忙按下和木蘭花臥艙的通話掣，不到十秒鐘，她就聽到了木蘭花的聲音。

木蘭花問道：「安妮，什麼事？」

「那個戰犯搜索團，他們駕來了一艘小潛艇，就停在我們的旁邊二十碼處，有兩個人已在潛水向前游去，看來他們並不變更他們的計劃。」

木蘭花略呆了一呆，道：「我來看看。」

安妮又去注視那兩個游向前去的人，當木蘭花來到駕駛艙中的時候，那兩個人已游出四五十碼了，木蘭花哼了一聲，道：「他們簡直是去送死！」

安妮著急道：「蘭花姐，我們怎麼辦？」

木蘭花雙眉緊蹙著，她的心中也十分亂。那些人，木蘭花可以肯定，他們不但是戰爭的受害者，而且一定是極其正直的人，她自然絕沒有見死不救的道理的。

但是，她如何去救他們呢？

她就算立時換上潛水衣，利用海底推進器追上去，是不是能在他們游到維龍的遊艇之前截住他們，也還是一個問題。

而就算在海中將他們截住了，他們肯聽自己的話，而放棄他們的計劃麼？只怕他們非但不肯聽勸，而且還連帶使「兄弟姐妹號」也暴露了！

而那兩個人正在越游越向前，每一秒鐘的延滯，都使得他們的危險增加一分！

木蘭花在實際上，只不過考慮了幾秒鐘。

她立時記起了那個無線電通訊的周率來，對方的小潛艇中，一定有著無線電通訊設備的，她連忙來到了通訊台前，校正著周率。

望著越游越遠的那兩個人，安妮還在不斷焦急地問道：「蘭花姐，我們該去救他們，不能眼看他們死在黑手黨的黨徒手下。」

木蘭花沉聲道：「自然是，我正在設法和他們聯絡。」

她校正了周率，就發出了「戰犯搜索團」的呼聲，她叫了三四次，便有回答，那就是那個少婦的聲音，她道：「這裡就是，你是誰？」

「我是木蘭花。」木蘭花立即道：「快設法停止你們危險的玩意！」

那少婦呆了一呆，道：「什麼意思？」

「別多耽擱時間了，」木蘭花老實不客氣地說著：「如果你不在潛艇上，那麼，就趕快設法通知潛艇，別讓那兩個人潛著水去送死！」

那少婦又呆了一呆。

這時，那兩個人游得更遠了。

那少婦在呆了片刻之後，才道：「我是在潛艇上，可是你在什麼地方？你是如何知道我們派了兩個人潛水去執行任務的？」

木蘭花是很少動怒的，可是在如今那樣的情形之下，她的聲音之中充滿了怒意，她厲聲道：「少廢話，快叫那兩個人回來，他們絕不能成功的！」

出乎木蘭花的意料之外，那少婦足有半分鐘之久未曾出聲，好像是她正在和她的同伴商量著應如何回答木蘭花。

半分鐘之後，才聽得她又道：「木蘭花小姐，希望你不要阻擾我們的計劃，我們要綁架維龍，自然也準備了應有的犧牲！」

如果換了平常人，聽得對方那樣冥頑不靈，百勸不聽，一定不會再勸下去了，但是木蘭花卻是俠骨柔腸，她忍住了怒氣，又道：「可是，他們是沒有機會的！」

那少婦道：「如果你根本不給他們機會，怎麼知道他沒有機會呢？木蘭花小姐，我們的意思是，各自進行各自的事好了！」

木蘭花好心的關懷，竟換來了那樣不講情理的反擊，連安妮也氣憤起來，她大聲道：「蘭花姐，他們要去送死，就讓他們送死好了！」

木蘭花哼了一聲，她一轉頭，從電視螢光幕上看來，那兩個人離維龍的遊艇，已只不過七八碼了。

木蘭花停止了無線電通訊，道：「安妮，我們還要盡可能幫助他們，你將電視鏡頭對準那遊艇，調整遠程武器的射擊角度，看看他們的行動結果如何。」

安妮答應著，她的雙手不斷在控制台的按鈕之上活動著，木蘭花則繼續發著命令，道：「將強力煙幕彈推進發射管內。」

安妮轉過頭來，道：「蘭花姐，如果我們一發射武器，黑手黨就可以知道有強敵在側，我們的行動計劃就完全被破壞了！」

木蘭花苦笑了一下，道：「破壞了也沒有辦法，安妮，正像你剛才所說，我們難道可以眼看這兩個人死在維龍之手麼？」

「可是，你叫他們別去，他們卻不肯聽！」

「那是他們的事，」木蘭花沉聲道：「而要救他們，卻是我們行事的宗旨，安妮，我們行事的宗旨，是不能隨便改變的！」

安妮沒有再說什麼，又去按動鈕掣，她的心中十分感動於木蘭花人格的偉大。

那兩個人離維龍的遊艇更近了，他們終於拉住了登上遊艇的梯子，然後，他們將氧氣筒除下來，掛在梯子的扶手上。

他們兩人的每一個動作，木蘭花和安妮都可以在電視上清楚地看到，她們看到那紅頭髮小伙子掠了掠頭髮，她們也看到，另外一個，也是一個年輕人，他們全都赤著上身，手中則提著一隻小小的手提箱。

這時，他們打開了手提箱，自手提箱中取出了不少應用的東西來，那些東西，全放在一條寬闊的皮帶上，他們圍上了皮帶。

他們兩人的身手都十分矯捷，他們的身子略略一縱，就到了甲板上，而一到了甲板，他們便立時伏了下來。

這時，別說是安妮，連木蘭花的心中也十分緊張，因為她們並不是在看一套緊張刺激的電視片，她們在看的，是活生生的事實，那兩個人不自量力偷上了維龍的潛艇，隨時可能喪生！

那兩個人伏了一會，互望了一眼，便迅速地向船艙接近，然後，他們又轉過身來，背貼著艙壁而立，木蘭花走了過去，扳下了一個掣。

她放置了一個偷聽器，在艙壁上，扳下了那個掣之後，她不但可以看到船上的情形，而且可以聽到在甲板上發出的任何聲音。

那兩人並沒有講話，他們只是相互間做著手勢，那紅頭髮的小伙子轉了轉身，轉到了門旁，輕輕地將門推了開來。

那門竟沒有下鎖，紅頭髮小伙子的行動也算得是小心的了，他才把門推開一小半，人便向後退來，又停了片刻，才踏了進去。

在那片刻之間，遊艇上真是靜得出奇。

可是，一等那紅頭髮小伙子跨進艙去，他其實還只有一隻腳跨進了艙中，一陣尖銳刺耳的鈴聲，便突如其來地響了起來！

那陣鈴聲是如此尖銳，而且來得如此突然，令得遠在「兄弟姐妹號」上的安妮和木蘭花也不禁嚇了老大一跳！

那紅頭髮小伙子的反應也十分快，他立時身子閃後倒去，在甲板上一個打滾，也就在那一剎間，一陣槍聲自艙中傳了出來。

木蘭花和安妮可以清楚地看到，子彈在呼嘯飛掠而過！

木蘭花在登上維龍的遊艇，發現甲板上沒有人守衛之際，她就知道，在船艙中，一定有著極其精密的警衛裝置，她之所以堅決不讓穆秀珍將偷聽器放進船艙去，也是基於這個原因。

而那兩個人，卻顯然未曾想到這一點！他們冒冒然地就踏進了船艙！

還算那紅頭髮小伙子的身手十分敏捷，當子彈呼嘯飛射之際，他並沒有被子彈射中，而是滾避了開去。

船艙中，在不到五秒鐘之後，便衝出了五六個大漢來，最先衝出來的兩個人，一出來，就被一直背靠著艙壁而立的那人射倒，其餘幾個人立時退了回去，可是另外兩艘遊艇上卻也亮起了燈光。

那兩艘遊艇，以極高的速度向維龍的遊艇接近！

紅頭髮小伙子伏在甲板上，自艙口射出來的子彈射不中他，但是，那兩艘遊艇如果一接近，他是一定難以逃生的了。

而且，木蘭花和安妮也都看到，有三條人影正在迅速地爬上遊艇的高處，另一人連發兩槍，並未能射中那三個人！

如果那三個人一登上了高處，居高臨下射擊的話，那麼，「戰犯搜索團」的那兩個人，在半分鐘之內，就可能變成蜂巢一樣。

木蘭花看到這樣，實在無法袖手旁觀了，她立時道：「安妮，放煙幕彈！」

安妮的手指早已按在按鈕之上，木蘭花話未講完，她的手指已按了下去，在一幅螢光幕上，立時出現了一道灰色的拋物線。

那三道灰白色的拋物線，劃破了黑暗的天空。

她們可以看到，快速行駛中的遊艇上，有人抬頭向上看來，緊接著，在海面上，和維龍的遊艇上，冒出了三大團濃煙來。

那三團濃煙迅速擴展，轉眼之間，整個海面上幾乎什麼也看不到了，只聽到一陣又一陣密集的槍聲。

濃煙一冒起之後，木蘭花和安妮兩人也看不到什麼了，安妮擔心地問道：「蘭花姐，他們兩個人可有機會逃生麼？」

木蘭花道：「我們留意海底的情形，就可以知道了！」

安妮緊張地注視著螢光幕，海面上，煙霧騰騰，槍聲呼嘯，但是在海水下，卻還是很平靜，不一會，木蘭花便道：「他們逃出來了！」

在海水中，可以看到兩個人迅速地在游回來！

他們之中，只有一個來得及戴上氧氣筒，那紅頭髮小伙子卻未能來得及，他們在海中游著，輪流地使用氧氣，他們游得十分快。

那小潛艇也在這時發動，向他們迎了上去。

小潛艇和他們會合，他們由艇潛底部的一個管中進入了那艇，這時，又有不少潛水人自海中追了過來，小潛艇以極高的速度逃走。

追上來的潛水人和圓盤形的潛艇，在「兄弟姐妹號」旁邊紛紛掠過，但是可以看得到，他們已經追不上那小潛艇了！

木蘭花鬆了一口氣，道：「總算還好，黑手黨會以為煙幕彈是由那小潛艇放出來的，而那小潛艇已逃走了，不會影響我們的計劃。」

「如果他們再來呢？」安妮問。

木蘭花嘆了一聲，沒有再說什麼。

這時，追趕出來的黑手黨徒也已回來了，有兩艘圓形的深水潛艇，就在「兄弟姐妹號」不到十碼處潛航而過，跟著，潛水人也游了回去。

從螢光幕上看來，海面上的濃煙已漸漸散去，幾艘遊艇圍在維龍的遊艇之旁，槍聲已停止了，在維龍遊艇的甲板上傳來的是一陣吵雜聲。

接著，便聽得一個嚴厲且威嚴的聲音道：「捉到人沒有？」

有好幾個人同時道：「沒有，逃走了，那艘小潛艇速度相當高。」

那聲音又道：「哼，什麼小潛艇能發射那樣的煙幕彈？通知深水潛艇，暫時別回來，留在附近海底，進行嚴密的搜索！」

有好幾個人立時答應著。

濃煙散得更清，木蘭花和安妮當然可以看到，命令在海底進行搜索的，正是日間所見的那個老人，這老人就是維龍，應該沒有疑問了。

安妮忙道：「蘭花姐，我們要不要離開？」

「當然不要，」木蘭花立時回答道：「這時，他們的雷達探射波一定在全力工作，我們不動，他們就將我們當作一堆岩石，如果我們移動了，那還成麼？」

安妮點了點頭，木蘭花道：「收起暴露在外的電視攝像管，我們要盡量隱伏著，叫醒秀珍和高翔，以便隨時應變。」

安妮一一照做了，不一會，穆秀珍已闖進駕駛艙來，連聲問道：「什麼事，什麼事？」

「事情已過去了，但是對方現在正在海底進行嚴密的搜索，如果我們一被發現，就要全力應付，所以才叫醒你們的。」

高翔也走了進來，問：「剛才發生什麼事？」

木蘭花將剛才發生的事約略講了一遍，穆秀珍立時對安妮怒目而視，她顯然是在責怪安妮為什麼不在事情發生時叫醒她。

安妮伸了伸舌頭，不敢出聲。

木蘭花沉聲道：「秀珍，你還說我不讓你進船艙去，維龍的遊艇艙中有著極嚴密的警戒裝置，根本不能夠隨便踏入的！」

穆秀珍望向電視螢光幕，維龍仍然在甲板上。

穆秀珍指著螢光幕，道：「蘭花姐，我們可以立時就將維龍的遊艇完全毀滅的，那樣做，不是更直截了當麼？」

木蘭花道：「那是屠殺！」

「哼，」穆秀珍應著說：「他們全是該死的東西！」

木蘭花搖了搖頭，並不和穆秀珍爭論下去，因為她知道穆秀珍的心中也是明白的，只不過因為賭氣，是以才特地如此說而已，在那樣的情形下，如果和她爭論，她就越是抬槓！

只聽得甲板上有人道：「雷達探射波表示，一千碼之內沒有任何可疑的物體，維龍先生，搜索是不是還要繼續進行？」

「繼續！」維龍吼叫著，「搜索每一塊可疑的岩石，每一簇可疑的海藻，每一條可疑的魚，想想看，如果剛才射上來的不是煙幕彈，而是火箭！」

維龍的聲音十分洪亮，木蘭花他們可以聽清楚每一個字，而聽得維龍那樣說，木蘭花四個人也都互望了一眼。

維龍果然有過人的精明之處，如果照他那樣的辦法，「兄弟姐妹號」是不是能不被發現，那實在是很有疑問的一件事！

維龍在講完了這句話之後，轉身便走進了艙內。

那兩個本來站在他面前的人，可能是維龍的得力手下，他們各自攤了攤手，像是對維龍的命令不能不遵從，但卻又想到那是多餘的一樣。

木蘭花道：「我們不必擔心了，看那兩人的情形，維龍的命令一定被陽奉陰違地執行，海底搜索不會認真進行！」

這時，在另外一幅螢光幕上可以看到，一共有八艘圓盤形的深水潛艇，在海底來回打著圈，正如木蘭花所料，搜索進行得並不認真。

顯然，執行命令的人太相信雷達探射波了，他們都及不上維龍的心思縝密，約莫過了半小時，深水潛艇已都駛了回去。

維龍遊艇的甲板上，還有一些嘈雜的話聲傳來，但是不多久，也靜了下來，一切都恢復正常了，只是那幾艘遊艇，並沒有駛回原來的位置。

它們仍然圍在維龍的遊艇之旁，而且還有很多人在甲板上，並不回艙去，木蘭花道：「看來，他們要加強警戒了。」

「那麼對我們有沒有妨礙？」高翔問。

「不會有，因為我們只是觀察！」

高翔道：「好了，你們都可以去睡了，我來當值！」

他們又閒談了一會，便各自回到了臥艙之中。

下半夜，也沒有什麼事發生，天才亮，海底的挖掘工作又開始了。

日間，維龍倒有一半時間，坐在甲板上發號施令。

木蘭花他們可以聽到維龍所說的每一句話，從那些話中聽來，維龍率領的龐大挖掘隊，顯然一點結果也沒有。

「戰犯搜索團」的人也沒有再來冒險，海底的日子根本平淡到了極點，一連過了五天，除了觀察著，聽著維龍的談話之外，根本沒有別的事可做。

第六天早上，在早餐桌上，穆秀珍喝完了一杯咖啡之後，一連打了七八個呵欠，道：「我看我人快要發霉了！」

安妮提醒她道：「想想那些枯燥會議！」

穆秀珍唔了一聲道：「那些會議，比起現在的日子來，可有趣得多了，蘭花姐，我們還要在海底等待多久才有行動？」

木蘭花搖著頭，道：「不知道，可能等上一兩個月，我們不是儲備了五十天的食糧麼？我們又可以自己製造食水，怕什麼！」

穆秀珍苦笑著，道：「只怕那時候，可以在我的身上提煉金霉素了，蘭花姐，我們老是等著，總不是一個辦法啊。」

木蘭花笑著，道：「如果你不耐煩了，你可以和高翔先回去，據我的估計，在未來的半個月內，只怕仍和以往的幾天一樣。」

穆秀珍側著頭想了一想，道：「好，今天晚上我們走，高翔，你怎樣？我看，你也不能離開崗位太久了，也該回去了。」

高翔想了片刻，道：「也好。」

木蘭花並不表示異議，道：「天一黑，我們就駛開去，送你們上岸，然後我和安妮再回來，我們隨時保持聯絡就行了。」

穆秀珍又伸了三個懶腰，這一天，又什麼也沒有發生。

5 穩操勝券

到了天色黑下來之後，「兄弟姐妹號」開始推動，向外駛去。午夜時分，「兄弟姐妹號」浮出水面，將高翔和穆秀珍兩人送上了岸，然後，「兄弟姐妹號」又再潛航回到原來的地方，仍然靜止不動。

當回到原來的地方之後，已是天明時分了。

看來，似乎什麼變化也沒有發生過，但木蘭花和安妮卻都不知道，已經有變化發生了，她們之所以不知道，是因為變化發生在維龍的遊艇上。

天才濛濛亮，一份報告書便送到了維龍的床頭。

那份報告書，是雷達室送來的，雷達室的報告說，在兩百五十碼之外，有一堆「岩石」，移動迅速，離開了八小時，又回來了！

維龍一看到了那報告書，他的神情一點變化也沒有，像是根本那報告書上所寫的是一件最普通的事情一樣。

然後，他閉上了眼睛。

他考慮了一分鐘，便立時又睜開眼來，當他再度睜開眼來之後，他雙目之中精光閃閃，充滿了神威，他一伸手按下了通話器的掣，道：「我是維龍！」

維龍所率領的挖掘隊，一共是三十四艘大大小小的船，而維龍房中的那通話器，只要他一按下那紅色的掣，那三十四艘船上的負責人，便都可以聽到他的聲音。

維龍接著道：「聽到我的聲音，按次報告！」

在接下來的兩分鐘間，通訊儀中傳出了三十四個負責人自報姓名的聲音，然後，又靜了下來，等待著維龍發佈命令。

維龍沉聲道：「我們在很早以前，便被一艘遊艇在遠距離窺伺著，現在，我已發現了這艘潛艇，它的位置，在我們東南約二百三十海浬，它偽裝著，現在，我命令有海底電網設備的船隻，在這艘遊艇的四周圍撒下電網，令它不能移動！」

維龍的話一講完，立時有幾個人答應。

維龍又道：「包圍完成之後，向我報告！」

他關上了通訊儀，在一張巨大的沙發上坐了下來，他的行動，鎮定得如同根本沒有發生過什麼事一樣。

一則，維龍的一生之中，不知經歷過了多少驚濤駭浪，如今他在進行的事，還是曾向希臘政府正式申請過的，他根本不必懼怕什麼。

二則，當他佈置下電網之後，他知道，潛伏在海底的潛艇是一定逃不脫的了，他可以說已經是穩操勝券，不必再擔心的了！

是以，當他坐了下來之後，他拿起一本拉丁文的干地亞島歷史，仔細地閱讀起來，根本像是沒有什麼發生過一樣。

那時候，木蘭花也在看書。

木蘭花和安妮都在駕駛艙中，木蘭花就著柔和的燈光在看書，安妮則注視著那些螢光幕，她接連注視了好幾天，也有點厭倦了。

是以，她一面咬著手指，一面打著呵欠。

可是，突然之間，她直了直身子，她看到有四艘船正在迅速地移動，在向她們駛來！

安妮忙道：「蘭花姐，有四艘船在駛過來！」

木蘭花放下了書，向螢光幕上望了一眼。

她自然也看到那四艘船駛了過來，但是，木蘭花並不知道，她送走高翔和秀珍，已使得「兄弟姐妹號」暴露了目標！

雖然她在「兄弟姐妹號」上進行過反雷達波的裝置，使得在對方的雷達搜索範圍內，「兄弟姐妹號」只是一堆岩石。

但是，岩石是不會移動的，而木蘭花忽略了這一點！

一件事，在忽略了一點之後，就容易忽略第二點，是以木蘭花只是向電視螢光幕上看了一眼，又埋頭去看書，道：「別理會它們。」

安妮總有點不放心，道：「看來它們像是對準了我們駛過來的。」

木蘭花笑了一笑道：「它們只是經過而已。」

安妮沒有再出聲，她全神貫注地望定了螢光幕，只不過三分鐘，她又驚叫了起來，道：「蘭花姐，看，它們停下來了，就在我們上面。」

木蘭花陡地呆了一呆，她站了起來。

可是，當她站起來時，卻已經遲了一步！

在另一幅螢光幕上，可以看到那四艘船的底部。而在那四艘船的船底，大幅大幅的電網正在極迅速地垂下海中來。

安妮伸手要去按動駕駛掣，可是木蘭花立即制止了她，木蘭花沉聲道：「別動，安妮，我們暫時走不脫了，那是電網！」

「電網！」安妮尖聲叫了起來。

「是的，『兄弟姐妹號』如果撞了上去，那麼，全船通電，立時會引起爆炸。」木蘭花旋轉著幾個掣鈕，螢光幕上的情形更清晰。

那四艘船，在他們的周圍形成了一個包圍網。

安妮著急道：「蘭花姐，我們怎麼辦？」

木蘭花微笑著，道：「別緊張，我會有辦法的，他們並未立即對我們展開攻擊，總是我們的運氣，我想，他們包圍完成之後，一定會和我們通話，逼我們升上水面的，既然那樣，我們不妨先和他們談一談再說，看看他們的發掘有什麼結果。」

安妮的神色起初十分焦急，她不知道木蘭花何以那麼鎮定，可是，一剎間，安妮也想到木蘭花為什麼那樣鎮定了，她立時笑了起來。

她不再望著木蘭花，而轉過身去，在無線電通訊儀上不斷調節著旋鈕，以便收聽對方的講話。

在一連串噪音之後，她們已聽到一個聲音在不斷地說道：「潛伏在海底的潛艇注意，你們已被包圍，包圍你們的是高壓電網，立即與我們通話！」

安妮又小心調節了一下，使得聲音聽來更清楚。

木蘭花走向前來，按下一個掣，道：「我們聽到了，叫維龍來說話，我是木蘭花。」

那面的聲音，立時停了一停。

接著，便是一個男人的笑聲，木蘭花早已從偷放在維龍遊艇甲板上的那具偷聽器之中，聽熟了維龍的聲音，是以她一聽得笑聲，便立時道：「維龍先生！」

維龍的笑聲突然停止，他像是吃了一驚。

但是，他停止的時間極短，接著，便聽得他道：「蘭花小姐，你不是得回了你的東西，回到東方去了麼？又來做什麼？」

木蘭花輕描淡寫地道：「我想來參觀你們的工作！」

維龍沉聲道：「可是，你現在已是我的俘虜了，我限你在一分鐘之內，升上海面來，如果你服從命令，我想我會優待你的。」

木蘭花冷笑一聲，道：「維龍先生，第二次世界大戰結束已經很久了，你也並不是受納粹指揮的軍官，有什麼權力隨便俘擄人？」

木蘭花的話，一定令得維龍真正吃了一驚！因為在無線電通訊儀中，突然傳來了一陣異樣的「咯咯」聲，那種聲音，好像是維龍在吃驚之餘，自他的喉嚨中發出來的。

木蘭花立時笑了起來，道：「你吃驚了麼？」

維龍的聲音居然立時恢復了鎮定，他道：「蘭花小姐，那你未免將自己估計得太高了，你可知道你自己處境的危險？」

木蘭花道：「請說。」

「深水魚雷可以令你們成為碎片！小姐！」

「或者是，但是，先生，如果我的潛艇成了碎片，你將在電椅上成為一具屍體，我隨時和國際警方有著密切的聯絡！」

維龍又呆了半晌，才又重複著剛才的話，道：「我限你在一分鐘之內，升上水面來，如果超過一分鐘，那麼小姐，你應該知道後果。」

木蘭花又笑了起來，道：「好的，本來我很想繼續參觀你的工作，但是看來，你的工作一點成績也沒有，所以我只好告辭了！」

「你走不掉的！」維龍提高了聲音。

「請你仔細看看！」木蘭花回答他。

木蘭花在回答維龍的同時，向安妮使了一個眼色。

安妮立時知道了木蘭花的意思，她雙手一起按下好幾個掣鈕，突然之間，船身震動了起來，電視螢光幕上，什麼也看不到，看到的，全是洶湧翻滾的海水，自「兄弟姐妹號」的船底部分急速地排出大量的氣體。海沙一起捲了上來，「兄弟姐妹號」在迅速地上升。

當「兄弟姐妹號」快要升上海面的時候，安妮又迅速地扳下了兩個槓桿，船身的震動更劇烈，這時，在那包圍著「兄弟姐妹號」的四艘船上的人，全都呆了。

他們看到，先是海水之中，出現了一個巨大的漩渦，那漩渦的力道十分大，令得他們四艘船的船身都搖晃了起來。

接著，在那大漩渦的附近，浪頭鼓起老高，像是有千百股噴泉一起噴發一樣，壯觀之極。

而在不到十三秒鐘之內，銀灰色的，全部被金屬片包裹著的「兄弟姐妹號」，便已從那大漩渦中現了出來，幾乎是才一現出來，兩副金屬翼打橫展開，而在船尾部分，發出一陣震耳欲聾的聲響，噴出了兩股橙黃色的火燄來。

那兩股火燄，令得海面上的浪頭更高！

在黑夜的海面上，那兩股火燄簡直是兩條火龍一般，巨響聲震得每一個人都呆了一呆，而當他們定過神來時，兩股火燄已劃空而去！

在漆黑的天空中，留下了兩股雪白的白煙，轟隆聲隱隱地從天際傳了過來，但是，「兄弟姐妹號」卻早已衝天飛去了！

所有在場的人，全都看得目瞪口呆，包括維龍在內！

維龍眼看著木蘭花衝天飛走了，他緊緊地握著拳，重重地擊在身邊的小几上，可是，在無線電通訊儀中，卻又傳來了木蘭花的聲音。

木蘭花笑著道：「維龍先生，不必氣惱，我們還會有機會見面的，希望你能發掘成功，也能逃過戰犯法庭的審判！」

木蘭花的話，令得維龍的臉色變成了青灰色！

「兄弟姐妹號」的飛行速度十分快，十分鐘之後，它又降落在海面，在海面以極高的速度行駛了片刻，它已停了下來。

安妮轉過頭來，望著木蘭花。

她以為木蘭花一定有什麼重要的話要說了，卻不料木蘭花道：「安妮，將船的包圍板放下來，我們到甲板上去坐坐。」

安妮呆了一呆，道：「到甲板去做什麼？」

「欣賞地中海的夜色啊！」木蘭花回答著。

安妮按下了幾個掣鈕，當包圍板縮回去之後，她們不必到甲板上去，也可以在駕駛艙的窗口，看到平靜的，黑沉沉的海面了。

木蘭花打開了艙門，來到了甲板上，安妮跟在她的後面，木蘭花到了甲板上，深深地吸了一口氣，道：「多麼平靜啊！」

安妮笑了起來，道：「蘭花姐，可是你的心卻不平靜！」

安妮的話，直說到了木蘭花的心坎之中，木蘭花不禁嘆了一聲，道：「是的，安妮，我的計劃已經完全被破壞了！」

「我們可以採取別的行動啊！」安妮說。

「是的，可以採取別的行動，」木蘭花皺著眉，「但是，那必須和他們正面為敵了，那是更少成功希望的事！」

安妮沒有再出聲，木蘭花是很少那樣悲觀的，但是她既然那樣說了，那麼就證明事情一定極其困難，幾乎沒有什麼成功的希望！

木蘭花又嘆了一聲，道：「安妮，你想，我們隱伏得那樣巧妙，但是只不過離開一次，便被他們發現，如果不是『兄弟姐妹號』有著那麼超卓的性能，那我們現在已經是維龍的俘虜了！你想想，我們還能用什麼方法去接近他們呢？」

安妮仍然不出聲，她只是咬著指甲。

過了好一會，安妮才道：「蘭花姐，如果我們的目的，只是在於阻止他們發現沉在海底的古城，那還比較容易一些。」

木蘭花望著安妮，道：「你的意思是，我們只是去進行破壞？」

安妮點了點頭。

木蘭花緊蹙著雙眉，在甲板上來回踱著，又過了好一會，她才道：「可是，我們怎知道他們是不是成功——」

木蘭花講到這裡，突然停了下來，她緊蹙著的雙眉，也在這時揚了一揚，安妮知道木蘭花的心中，一定是想到什麼了！

安妮忙以十分焦切的眼光，望定了木蘭花，希望她將想到的計劃立時講出來，而木蘭花望了望安妮，忽然笑了起來。

她道：「安妮，我將我想到的講出來，你一定會失望的，我想到了一個十分冒險的行動計劃，但只是我一個人去行動！」

安妮的臉上，果然現出十分失望的神色來。

她忙道：「蘭花姐，為什麼？」

木蘭花緩慢地道：「因為我的計劃是，冒充一個人，混進他們的搜索隊去，然後，我就參加他們的搜索工作，那麼我就可以知道一切詳情了。」

安妮皺著眉，她實在不明白木蘭花那樣說是什麼意思。

木蘭花道：「來，我們到駕駛艙去，安妮，我們截聽維龍和黑手黨總部的聯絡——我想維龍一定會和總部聯絡的，而且，我想維龍在海底發掘中，一定會出現很多新問題，我希望他會要求總部派人去幫助，那麼，我就可以冒充那個人了！」

安妮漸漸明白了，她道：「你的意思是，你先截獲了情報，然後再去對付那個會被派去的人，而冒充他，混進維龍的搜索隊去？」

木蘭花點頭道：「正是，那是唯一的辦法。」

安妮卻搖著頭，道：「蘭花姐，可是你不覺得那希望實在太微渺了麼？首先，要維龍真的去要求增派人援，而且，派的只是一個人，更而且，那個人還是維龍和他的手下從來也不相識的，那樣，你才能冒充他，而混進維龍的搜索隊去！」

她們一起回到了駕駛艙中，木蘭花坐了下來，道：「你的分析很對，反正我們有的是時間，我們只好等待那樣的機會出現！」

安妮望了木蘭花片刻，道：「我們的船——」

「不妨駛向岸邊，等待我們期待的事出現，」木蘭花揮著手，「安妮，不要以為我們會空等，我們的等待是有根據的。」

安妮輕輕嘆了一聲，木蘭花已開始調節起無線電通訊儀來，她在被電網包圍的時候，曾經和維龍通過話，是以再次要獲知他們通話的周率，並不是什麼難事。

當她校正了周率之後，她先只是聽到一些胡胡聲，木蘭花用心地聽著，安妮已開始將船駛向岸邊，海面上十分寧靜。

木蘭花的耐心，真令得安妮佩服。因為足足過了兩小時之久，「兄弟姐妹號」號早已停泊在岸邊，在一座聳天的峭壁之下了，才聽得有通話聲傳了出來。那先是一連串的呼號，然後，又是另一個聲音，回答了另一串的呼號，這才聽到了維龍的聲音，維龍講了一句，道：「那邊怎樣？」

木蘭花聽得懂的，只是那樣一句。

在那一句之後，她雖然聽到維龍在和另一個人交談著，可是，她卻完全聽不懂他們雙方在談些什麼，因為維龍使用的，是另一種語言。那是黑手黨獨創的語言！

維龍和那人的通話，維持了四分鐘之久。

可是在那四分鐘之中，安妮和木蘭花兩人只是相視苦笑。木蘭花所想到的計劃的確不錯，但是，木蘭花卻未曾料到，她根本聽不懂黑手黨的語言！

等到維龍的通話完畢，又只傳來一陣「胡胡」聲之際，木蘭花站了起來，她在駕駛艙中，不斷來回踱著，安妮低著頭，一聲不出。

她們聽不懂維龍所使用的黑手黨的獨創語言，那麼，她們自然也不能獲得任何情報，也就是說，木蘭花的計劃根本行不通！

駕駛艙中，除了「胡胡」的聲音外，什麼聲音也沒有。

木蘭花足足踱了十分鐘之久，安妮才突然抬起頭來，叫道：「蘭花姐！」

木蘭花停了下來，安妮的眼中閃耀著光輝，她急急地道：「蘭花姐，黑手黨的獨創語言，自然只有一種，只有黑手黨的高級人員，才會使用那樣的語言，是不是？」

木蘭花點了點頭。

安妮又道：「蘭花姐，黑手黨東方支部的負責人朱英——」

木蘭花是何等聰明的人，安妮一講出朱英的名字來，木蘭花立時也想到了，她不禁發出了一下歡欣的呼叫聲來。

她忙問道：「剛才的通話有錄音？」

安妮也高興地笑了起來，因為那是她首先想到的，而且是極有用的辦法，安妮想到了朱英曾使用那種語言，而朱英目前是在警方的看管之中，「兄弟姐妹號」雖然遠在歐洲，但是和本市警方仍有直接的無線電通訊的聯繫！

那也就是說，將維龍和另一個不知身分者的通話錄音播送出去，要本市警方找到朱英來翻譯，雖然時間阻隔，但仍然可以明白他在講些什麼了！

木蘭花忙道：「我們還等什麼？快和方局長聯絡！」

安妮大聲答應著，坐了下來，木蘭花來到她的背後，雙手按在安妮的肩頭上，看安妮在無線電通訊儀上熟練地操作著。

半小時之後，她們便聽到了方局長的聲音，木蘭花將安妮想到的辦法說了一遍，然後道：「一定要逼朱英將錄音翻譯出來，只要是大意就行，請指定一個負責的警官，一有翻譯的結果，便立即和我們聯絡，這是一件十分重要的事！」

方局長立時答應了下來。

木蘭花撫摸著安妮的頭髮，道：「安妮，你的腦筋竟比我還要靈活。」

安妮高興得漲紅了臉，道：「蘭花姐，你太誇獎我了！」

木蘭花道：「你應該接受那樣的誇獎，安妮，我們兩人一定要輪流工作才行，你先去休息，我會在十小時後叫醒你。」

安妮忙道：「蘭花姐，我睡不著。」

木蘭花搖著頭，道：「安妮，那是很沉悶的工作，我們可能要等上十天八天，一點結果也沒有，也好，等有了第一次消息之後，你才去休息。」

安妮高興地點了點頭。

方局長那邊的消息，一直到三小時之後才來，可想而知，要朱英翻譯那段錄音，警方著實花了不少功夫，但是消息終於來了。

和她們通話的是一位姓徐的警官，那警官說話很簡潔，他一和木蘭花取得聯絡之後，便道：「那段對話的錄音，是一個人在向總部報告，要總部在干地亞島和希臘、義大利兩國的境內，留意你蘭花小姐的行蹤，假若一發現你，立時設法將你除去！」

木蘭花鎮定地聽著，道：「還有什麼？」

「沒有了，蘭花小姐，方局長說，你的處境十分危險，如果沒有必要的話，他請你放棄這件事，回到本市來。」徐警官繼續說。

「不，」木蘭花立時回答，「我要繼續下去，高主任已經回來了，他到達之後，你請他和我通話，我還會繼續有同樣的錄音傳給你的。」

「只管傳來好了，朱英已完全就範了！」

木蘭花高興地搓著手，結束了這次通話。

安妮雖然還不想去睡，但是在木蘭花凌厲的眼光逼視之下，她只好老大不願意地向外面去，木蘭花在接下來的六小時之中，又截到了一次維龍的通話。

這次通話的時間更短，而在四十分鐘之後，木蘭花已然知道了維龍這次通話的意思，維龍在報告，一切照常進行，並沒有發現。

木蘭花在十二小時之後，叫醒了安妮，她去休息，而當她睡醒，來到駕駛艙中時，安妮立時道：「高翔哥和秀珍姐已經回去了，我將發生變化的經過和他們大略說了一遍，高翔哥說立時要來。」

「你怎麼回答他？」木蘭花問。

安妮道：「我說，蘭花姐的計劃，只是她一個人採取行動，來也沒有用，而且，別將事情有了變化的消息，告訴秀珍姐！」

木蘭花笑了起來，道：「安妮，你簡直可以替代我了！」

安妮得意地笑著，木蘭花又趕她回到臥艙去休息。

她們兩個人輪流地守在無線電通訊儀之旁，又過了足足七天。

在那七天之中，她們截得了維龍的每一次通話，也知道了每一次通話的內容，可是，她們等待的消息，一直到第八天早上才出現。

那天早上，木蘭花才醒來之後不多久，安妮經過了一夜的勞頓，打著呵欠，道：「維龍才通了一次話，內容還未曾傳來。」

木蘭花道：「不要緊，讓我來等好了，你去休息。」

安妮又打了一個呵欠，直起身來。

也就在那時，徐警官的聲音傳來了，他道：「安妮小姐，這段通話的內容，是搜索隊方面缺少一位深海的潛水專家。」

安妮和木蘭花兩人的精神陡地一振！

在那剎間，她們兩人心中的高興，實在是難以形容的，只有在長久的等待之後，才獲得了自己所等待的消息的人，才有那樣的興奮之感。

她們兩人異口同聲地道：「怎麼樣？」

「另一方面回答是可以，他們會派一個深海潛水專家，攜帶裝備，和他們去會合，那深海潛水專家的名字是維娜麗絲。」

「維娜麗絲！」木蘭花更是高興，「是一個女人？」

「聽名字好像是，這位專家將在明天到達雅典，然後便由一架小型飛機，載她飛往干地亞島的伊拉貝特拉城，搜索隊方面的人準備在那裡和她會面。」

「徐警官，」木蘭花又緊張地問：「他們的對話有沒有提及那個專家，是不是黑手黨的人？」

「可能不是，因為另一方面提及，那位專家是法國人，是屬於世界權威性的組織，海皇潛水學會的會員，是他們早已約好，一有任務，立時可以應聘而來的。」

木蘭花忙道：「謝謝你。」

這次通話結束了。

木蘭花的眉心打著結，她在十分鐘之後，便作出了決定，道：「安妮，我們立時趕到雅典去，在雅典去截住那位專家！」

安妮的反應十分快，木蘭花才講了一句，她已經按下了掣鈕，包圍板立時將「兄弟姐妹號」包了起來，以極高的速度向外駛去。

然後，安妮拉下兩根槓桿，船身開始震動，一分鐘之後，「兄弟姐妹號」已離開了水面，直衝向半空之中！

木蘭花在起飛的震盪中，坐了下來。

她還要做許多事，但最要緊的事，自然是先要在雅典機場中，認出那位從法國飛來的潛水專家。那還不難，難的是她如何才能去冒充她！

黑手黨方面，可能在雅典便已準備接機，將那位專家用小飛機送來干地亞島，那麼，木蘭花將根本沒有下手的機會！

當木蘭花一想到這一點的時候，她立時改變了主意！

她沉聲道：「安妮，我們飛到巴黎去，我們要在這位專家動身之前就冒充她，從頭到尾，那樣，才不致露出破綻來。」

安妮略為校正了航向，「兄弟姐妹號」以噴射機的速度在空中飛行著，木蘭花立時又和國際警方連絡，表示她們要在巴黎降落，最好替她們安排在軍事機場。並且，請國際警方派人在機場等候，她們一到，就要海皇潛水會會員，維娜麗絲的一切責料！

國際警方答應了木蘭花的請求，半小時後，就通知木蘭花可以在第三軍事機場降落，到時，有人會在那裡接待她們的了。

木蘭花舒了一口氣，黑手黨會在雅典迎接那位潛水專家，但是他們接到的，不是真正的潛水專家，而是她，木蘭花！

木蘭花的冒險計劃，這時已可說正式開始了。

6 維娜麗絲

當木蘭花和安妮走出「兄弟姐妹號」時，正是中午時分，一些法國空軍軍官，用十分好奇的眼光望著她們兩人。

但是那些軍官一定奉命不能接近她們，是以他們只是在遠處打量著，而一輛小房車，載了一名中年人，來到了她們的面前。

木蘭花和安妮進了車，那中年人便遞過來一個文件夾，司機轉過頭來問：「我們到哪裡去？」

木蘭花並不立即回答，她打開了那文件夾。先看到了一個十分美麗的金髮美人的照片，那就是深海潛水專家，維娜麗絲了。

木蘭花只看了幾秒鐘，便肯定自己要化裝成那樣，並不是什麼難事，她抬起頭來，道：「先請你們派人監視她的行動，然後，帶我去化裝！」

那中年人笑道：「那麼，你應該到我們的總部去，那裡有最好的化裝材料，可以完全使你變成另一個人，連你自己也認不出來。」

木蘭花點頭道：「好！」

汽車向前疾駛而去，不一會，便駛近了一幢極大的花園洋房之中，那幢大房子，看來像是什麼富豪的住宅，實際上是國際警力的重要所在。

木蘭花曾經到過這裡，那是她上次威震巴黎，大破暗殺黨的時候，所以她才一下車，屋子中便有不少人湧出來，還有兩個年輕美麗的女職員向她獻花。

木蘭花感動地接過了鮮花，將安妮介紹給各人，然後，她便去進行化裝，在她進行化裝期間，她不斷接到深海潛水專家維娜麗絲的消息。

維娜麗絲將一大批潛水用具，包括了一個人形的銅罩，和一艘小型的欖形深水潛艇，運到機場，她乘搭的飛機，是下午七時起飛的。

木蘭花聽著那些報告，同時，檔案室中的人又找出了維娜麗絲許多幅照片來，這位專家是十分出風頭的人物，要找她的照片不是難事。

幾個第一流的化裝師，就根據照片，來替木蘭花進行化裝，他們用配合木蘭花膚色的軟塑膠，來加高木蘭花的鼻子。

他們用一種細小的夾子，來使得木蘭花的眼睛變得緊，同時，又用淺棕色的隱形眼鏡鏡片，使木蘭花的瞳仁變成棕色。

他們加長木蘭花的眼睫毛，將木蘭花的頭髮用強力的染劑染成了淡金色，又用軟塑膠使木蘭花的臉型看來比較長些。

木蘭花的臉一點一點在變，到最後，男化裝師離開，女化裝師將木蘭花手腳上細小的汗毛也全都染成了金色。

安妮一直在化裝室中，她實在看得呆住了。

一小時之後，木蘭花簡直已變成了那位金髮的，深具法國風情的深海潛水專家維娜麗絲，但是，當最後一個程序完成之後，安妮更是驚訝得說不出話來。

最後一個程序是，將一層極薄的塑膠膜套在整個臉上，那層塑膠膜是如此之薄，一套了上去之後，卻又遮住了一切化裝的痕跡，使木蘭花天生成了一個金髮美女！

木蘭花站了起來，用法語道：「謝謝各位！」

她的法語發音是如此之純正，再加上她模仿法國人的動作是如此維妙維肖，是以她立時博得了一陣熱烈的掌聲。

安妮雖然是目睹這一切變化發生的，可是這時，她的心中也多少有點疑惑，她道：「蘭花姐那……真是你麼？」

木蘭花笑道：「自然是我！」

她們兩人的話，又引起了一陣笑聲。

在笑聲中，那中年人走進化裝室來，道：「蘭花小姐，那位專家在由機場回到家中的途中，被我們帶到了總部來，五分鐘之後，可以到達，你和她見一次面，我們會說服她讓你去假充她，而她則留在這裡，作為國際警方的貴賓。」

木蘭花點頭道：「很好。」

那中年人帶著木蘭花和安妮，走出了化裝室。

一出了化裝室，那中年人便道：「蘭花小姐，國際警方的幾個高級人員，剛會商過你的行動，他們認為如果你肯放棄，最好還是放棄的好。」

「為什麼？」木蘭花問。

「因為維龍本身最擅於化裝，他精通一切化裝術，而你用化裝術冒充另一個人去欺騙他，這……似乎太冒險一些了！」

「我知道，但這是我接近他的唯一辦法了！」

那中年人沒有說什麼，將木蘭花領到了一間豪華的會客室。

木蘭花才坐下來不久，便聽得一個十分清脆的女子聲音，道：「這裡是什麼地方，你們將我帶到這裡來，是什麼意思？」

一聽到那聲音，那中年人立時將門打開，道：「維娜麗絲小姐，這裡是國際警方總部，我們有一件極重要的事要和你商量！」

隨著那中年人講著，一個美麗的金髮女郎已走了進來。

安妮首先發出了一下讚嘆聲來，因為木蘭花在經過化裝後，和她實在太相似了！只不過她看來健碩些，而木蘭花則苗條得多。

那金髮美人一進來，木蘭花也立時站起，她一看到了木蘭花，也整個人都呆住了，她忙道：「咦，你是誰，怎麼一回事？」

那中年人道：「請坐，我們必須好好解釋一下，你才能明白，小姐，你是不是接受了一項深海潛水任務的僱請？」

「是的，我有接受申請的資格。」

「小姐，你知道你的僱主是誰？」

「對不起，那不在我的業務範圍之內，我的業務是潛水，不是做偵探。」

那中年人沉著聲道：「小姐，僱請你的是黑手黨！」

維娜麗絲呆了一呆，黑手黨，那是震撼人心的三個字，維娜麗絲不可能不知道！

那中年人忙又道：「所以，我們派這位小姐代替你去，希望你合作！」

維娜麗絲側著頭，打量著木蘭花，過了片刻，她才道：「深海潛水是一件十分危險的工作，要依靠許多複雜的儀器，你能勝任麼？」

木蘭花謙虛地笑著，道：「希望你能盡量給我資料，我不想改飛機的期，我們大約有兩小時的時間可以討論一切。」

維娜麗絲攤了攤手，道：「好，可是，我的酬勞——」

那中年人忙道：「國際警方會雙倍付給。」

維娜麗絲沒有再提什麼別的要求，她只是道：「首先，有兩個人會在雅典機場和我會合，他們有飛機將我和一切裝備送到千地亞島上去。」

「那兩個是什麼人？」

「他們沒有說明，他們說會認出我來。」

「你在此以前，曾和他們之中的任何人見過面嗎？」

「沒有，但是約請我的電話，曾經提到我以前的丈夫，葉奇也在參加那項工作，他也是一個深海潛水的專家。」維娜麗絲回答著。

木蘭花一聽，不禁深深地皺起了眉。本來，事情可以說是十分之順利的了，但是，有那個離婚丈夫葉奇在，事情就登時變得困難和複雜了許多！

木蘭花嘆了一聲，她心中暗忖，事情並沒有十全十美的，看來自己必須加倍小心，才可以應付過去，她又問了很多有關葉奇的事。

然後，接下來的時間中，維娜麗絲向木蘭花解釋著深海潛水所要注意的一切，時間飛快地過去，已經是下午六時了！

如果木蘭花再不動身到機場去，那麼，她將會搭不到這一班飛機了，她和維娜麗絲的談話，逼得非要停止不可了！

她站了起來，發出最後一個問題，道：「維娜麗絲小姐，如果那位葉奇先生在見到了你之後，想對你表示親熱，你會怎樣對付他？」

維娜麗絲連想也不想，便道：「我會重重摑他的耳光，然後叫他滾回那個紅頭髮的姘婦身邊去，再也不要來碰我！」

木蘭花點了點頭，轉向安妮，道：「安妮，你喜歡留在巴黎也好，喜歡駕著『兄弟姐妹號』離去也罷，隨便你選擇。」

安妮憂形於色，道：「蘭花姐——」

木蘭花不等她講完，便道：「只不過有一件事，你必須切實記得，除了我一個人進行工作之外，沒有任何人可以幫我忙，如果想幫忙，只會破壞我的行動！」

安妮咬著指甲，點了點頭。

木蘭花轉身走出了會客室，走過了一條長長的走廊，一輛車子在等著她，車子上已準備好了一個女人旅行應帶的行李。

從那一刻起，木蘭花已完全將自己當成了一個身分特殊的法國女人，她不再是木蘭花，而是深海潛水專家，維娜麗絲！

木蘭花已在維娜麗絲處，取得了全部證件，而她的化裝又如此神似，為了考驗她的化裝是不是可以瞞過人們的耳目，所以她並沒有要求國際警方對她的離境作特別的安排，而她也輕而易舉地通過了例行的檢查，而登上了飛機。

她幾乎是最後一個趕到的旅客，在她登上飛機之後不久，飛機發出隆隆的聲響，飛上了天空，那時，晚霞正映得天空血也似紅。

飛機起飛之後不久，天色便黑了下來。

夜間的航行，分外給人以一種寧靜的感覺，木蘭花調整了一下座位的角度，閉上了眼睛，她並不是睡覺，而是詳細地在回想剛才維娜麗絲對她講的每一句話。

最難應付的，自然是那個葉奇，木蘭花在想，如果在實在逼不得已的時候，只好將他除去，維娜麗絲曾經是他的妻子，自己是不是能瞞過他呢？

木蘭花苦笑了一下，她知道自己的計劃十分冒險，維龍本身就是一個第一流的化裝專家，只要給他看出了一絲破綻……

木蘭花想起自己曾用那樣的話威脅過維龍，只要給維龍看出一絲破綻的話，那麼，她就可能永遠留在地中海的海底了，維龍會毫不猶豫地殺死她！

當木蘭花想到了這一點的時候，她的心中不禁感到了一股寒意，但是，她卻一點也沒有退的意思，她仍然要照她的計劃行事！

木蘭花思潮起伏，從巴黎到雅典的旅程並不算太遠，但當飛機降落的時候，也已經夜很深了，雅典機場燈火通明，木蘭花提著一隻手提箱，走了出來。

她不知道來接的是什麼人，她只是和下機的旅客一起向外走去，她又毫無破綻地通過了海關的檢查，她有大批的行李要等待領取。

是以她向領取行李的地方走去，當她向一位機場職員示出那一大疊提領單之際，兩個穿著黑衣服的男子，向她走了過來。

那兩個男子向她走來，木蘭花是早知道了的，但是木蘭花卻一直等他們出聲，才轉過身來，那兩個人中的一個道：「維娜麗絲小姐？」

木蘭花轉過頭去，她立即以流利的法語，一停也不停地道：「我有太多的東西，好幾箱，如果你們的飛機太小，是裝不下的，你們就是來接我的人，對不對？」

那兩個人的神情很嚴肅，但是她們對木蘭花很是恭敬，他們齊聲道：「維娜麗絲小姐，飛機並不像你想像的那麼小，而且計劃有改變。」

木蘭花立時揚了揚眉，道：「什麼改變？」

「我們的飛機是水上飛機，將直接在水面上降落。」

木蘭花打開了手提包，取出了一支煙來，一個漢子忙打著了打火機，替木蘭花燃著了煙，木蘭花噴了一口煙，道：「我可以接受這種改變。」

另一個漢子道：「維娜麗絲小姐，請你將那些提單給我，你請到休息室去休息，我們安排好之後，再來請你上飛機。」

木蘭花做了一個毫不在乎的神情，將一疊單子交到了那人的手中，道：「吩咐搬運的人小心，很多儀器是不能碰撞的。」

那人點頭答應，木蘭花便用西方女人走路的姿勢，向休息室走去，她自信自己十分成功，那兩個人只怕做夢也想不到自己是假冒的！

她在休息室中等了將近一小時，那兩個漢子便走了進來，來到她的面前，道：「一切全妥當了，維娜麗絲小姐，請你登機。」

木蘭花跟著他們走了出去，一輛機場中的車子，將她送到了一架中型的水上飛機之旁，那兩個漢子陪著她登上了飛機。

那兩個漢子中的一個擔任駕駛，另一個就坐在駕駛位的旁邊，是以相當豪華舒適的機艙中，只有她一個人，木蘭花闔上了眼。

這次，她真是睡著了。

她已經正式開始了她的冒險計劃，到了那時候，她的心境反而平靜了許多，一點懼怕的意念也沒有了，她睡得十分沉。

她是被機身劇烈的震盪弄醒的。

當她睜開眼來時，天早已亮了，飛機正在離水面極低的地方飛行，維龍率領的船隊已經可以清楚地看得見了！

在木蘭花醒轉之後的兩分鐘，飛機的降落船已碰到了海面，激起了兩道向前直射出幾十呎的水箭，然後，飛機已在水面上滑行。

那駕駛員的技術十分高超，因為當飛機在水面上打著圈兒停下來之際，距離維龍的遊艇，只不過二十碼左右的距離！

一艘雪白的快艇，已向前迎了上來。

那兩個漢子離開了駕駛位，替木蘭花打開了艙門，放下了軟梯，那時，那艘快艇也已來到了那艘水上飛機的旁邊了。

木蘭花沿著軟梯，來到了快艇上。

快艇甲板上，一個中年人立時道：「歡迎，維娜麗絲小姐！」

木蘭花並不認識那個人，但是，她卻認得那人的聲音，她知道那人是維龍手下，一個得力的助手，經常向維龍報告事項的。

木蘭花抬頭看去，她甚至已可以看到維龍已經站在遊艇的甲板上，看來維龍十分焦切地在等著她的到來，木蘭花心中在想，他是不是已經發現了什麼呢？

木蘭花微笑著，點著頭。

快艇立時往回駛去，駛到了遊艇旁邊。

當快艇漸漸接近遊艇的時候，木蘭花的心頭突然劇烈地跳動了起來，因為她看到在維龍的身邊，站著一個身形十分高大的男人。

那男人有一頭深棕色的頭髮，他的體格十分壯健，木蘭花以前根本沒有見過這個人，但是，她卻知道那是誰！

那人一定是維娜麗絲的前夫葉奇！

木蘭花吸了一口氣，葉奇和維龍在一起，顯然是維龍的安排，看來維龍是一個十分小心的人，他要葉奇來看看，來的是不是真的維娜麗絲！

木蘭花絕未曾想到，自己一下飛機就要接受那樣嚴重的考驗，可是，那是絕對無法逃避的事，她只有硬著頭皮去接受考驗！

當快艇來到了遊艇旁邊，停下來之後，好幾個人伸手來攙扶木蘭花，木蘭花一上甲板，便立時冷笑一聲，揚起了頭，不去看葉奇。

她揚起了頭來之後，大聲說道：「誰是我的僱主！」

那強壯的法國男人笑了起來，道：「親愛的，怎麼，不認得我了麼？」

他一面說，一面便伸手握住了木蘭花的手臂。

木蘭花的反應也來得真快，葉奇才一握住了她的手臂，她便轉過身來，一巴掌便向葉奇的臉上摑去，摑了個正著。

同時，她狠狠地道：「回到你那紅髮姘婦的身邊去，別再用你的髒手來碰我！」

維龍在一旁，呵呵地笑了起來。

葉奇後退了一步，他臉色陰沉地望定了木蘭花，好像他已看出了什麼破綻來，但是他卻並不說話。

木蘭花向維龍一指，大聲道：「你就是維龍先生？」

維龍一面笑著，一面道：「是！」

木蘭花做了一個決裂的手勢，道：「算了，吩咐駕駛員，送我回雅典去，我們之間工作的合約完了，有這傢伙在，我不會替你工作！」

「別那樣！別那樣！他不會妨礙你的工作，他有他自己的任務！葉奇先生，你可以回去了，記得別再來騷擾維娜麗絲小姐！」

葉奇沒有說什麼，一個轉身就走了開去，他離開了維龍的遊艇，登上了一艘小艇，駛了開去，他甚至未再向木蘭花望一眼。

木蘭花也不知道維龍究竟有沒有看穿自己的身分，她仍有餘怒地道：「如果你要我進行工作，那麼別再讓我見到他！」

「這容易，而你的工作十分忙碌，也不會有機會見到什麼人的，請進船艙來，我們詳細地來談一談！」維龍做了一個手勢。

木蘭花和他一起向艙中走去。

維龍的船艙十分幽雅舒適，一張小圓桌上，正放著兩份早餐的餐具，木蘭花和維龍對面坐了下來，他們一直用法語交談著。

木蘭花首先問道：「你們是在發掘什麼？我必須了解，我將在什麼樣的環境下工作，是以希望你別作太多的隱瞞！」

維龍道：「自然，自然！」

他突然伸過手指，輕輕地在木蘭花的手臂上拂了一下，那令得木蘭花吃了一驚，但是她絕未將吃驚表露在她的神情上。

維龍笑著道：「一片灰塵，維娜麗絲小姐，我們在發掘一座幾千年陸沉的古城，我們在一片大珊瑚礁上，鑽了一個大孔。」

木蘭花皺著眉，用力聽著。

維龍續道：「經過將近一個月的努力，我想我們已經有成績了，可是那一大片珊瑚礁覆蓋了那座古城，所以我們要有專家潛水下去察看。」

木蘭花神情嚴肅地問道：「從你們鑽出來的洞穴中潛下水去？維龍先生，你在邀請我來的時候，可未曾說明這一點啊！」

維龍諂笑著道：「小姐，你是世界上最優秀的潛水專家之一，你不在乎在任何困難的情形之下工作的，是不是？」

木蘭花笑道：「是，可是我的酬勞卻因為工作環境而不同，維龍先生，像你所述那樣情形的潛水，我每入水一小時的代價，是三千美元。」

維龍毫不考慮，便道：「太值得了！」

一個大漢已推來了餐車，木蘭花圍上餐巾，道：「好的，那麼，在用完早餐之後，你吩咐暫停一切活動，等我下水去察看一下，再決定行動！」

維龍舉起一杯紅酒來，道：「祝你成功！」

木蘭花也舉起了酒杯來。

當她也舉起酒杯來的那一剎間，忽然看到遠處有一點亮光閃了一閃，木蘭花立時知道，那是有人在用望遠鏡觀察她！

木蘭花的心也立時向下一沉，因為，她根本不必想，就可以知道，拿望遠鏡在觀察她的，不會是別人，一定是葉奇。

木蘭花感到真正的危機來了！

葉奇如果不覺得她可疑，就不會觀察她；而如果葉奇覺得她可疑，那麼，越是觀察，就越是生疑，一定會終於發現她是假冒的。

因為，木蘭花和維娜麗絲相處只不過三小時，她根本無法完全摹擬維娜麗絲的神態，而葉奇卻曾是維娜麗絲的丈夫！

作為一個丈夫，他就有可能了解維娜麗絲的每一個小動作，譬如這時，木蘭花舉著酒杯，葉奇就應該知道那是不是維娜麗絲了！

兩個女人舉酒杯的姿勢是不可能完全相同的。

木蘭花一面心中吃驚，一面迅速地轉著念。

維龍已經將酒送到了唇邊，喝了一口，他看到木蘭花仍然舉杯不動，立時向木蘭花投以奇怪的眼色，木蘭花立時笑道：「維龍先生，你習慣在人家的監視之下進食早餐的麼？」

維龍一呆，道：「什麼意思？」

木蘭花笑道：「你看看窗外就明白了！」

維龍立時轉頭向外望去，他也立即看到了望遠鏡頭上的反光，他本來一直是微笑著的，可是那時，他的神色突然一沉。

他放下酒杯，沉聲道：「來人！」

兩名漢子立時應聲而入，維龍向那艘船上一指，道：「去調查誰在用望遠鏡窺察我，將他抓起來，等我慢慢來審他！」

那時候，望遠鏡的反光已然看不見了。

木蘭花啜了一口酒，道：「維龍先生，你好像有著無上的權威，你怎可以隨便將人抓起來審訊？」

維龍的笑容又恢復了，但是他所說的話卻令人心寒，他道：「在我的管轄之下，我喜歡怎樣就怎樣，那是我的管轄範圍！」

木蘭花笑道：「包括我在內？」

維龍先生笑了起來，他並沒有作正面的答覆，但是他的笑聲，卻無異是在說：是的，小姐，你也包括在內，並不例外！

木蘭花也笑了起來。

她和維龍一起用完了豐富的早餐，水上飛機上的幾隻大木箱也都卸下來了，木蘭花大聲吩咐道：「將箱子全打開來，小心搬運！」

箱子全被搬到另一艘船上，在甲板上打了開來，箱中的一切都被搬了出來，木蘭花已從維娜麗絲那裡知道箱中有一些什麼的了。

她到了那艘船上，撿了一套簡單的潛水衣，又裝好了一架海底推進器，然後叉著腰，道：「所有的人全轉過身去！」

那些大漢有的扮著鬼臉，有的吹著口哨，木蘭花為了要表示她是法國人，自然得有點法國人的作風，她就在甲板上脫下了外衣，穿上了橡皮的潛水衣。

挖掘工作早已停止了，木蘭花先檢查了一下推進器上強烈的探射燈，然後，將推進器拋下海中，她也在眾目睽睽之下跳下海去！

木蘭花的外表雖然鎮定，但是她的心中實在十分緊張，一直到她的身子已完全浸在海水之中，她才勉力鎮定了一下心神。

海本還是相當混濁，她拉住了推進器上的鐵環，著亮了探射燈，推進器將她帶向前去，她立時看到了他們挖掘的成績。

那是一片極大的珊瑚礁，大得望不見盡頭。

在珊瑚礁之中，有一個很大的洞。

木蘭花很快就來到了那個洞的上面，她將探射燈轉了轉方向，一股光芒射進了那洞中，可是，看下去仍然是黑沉沉地，根本看不到什麼。

那一大片珊瑚礁，根本像是一個巨大的蓋子，將下面的東西全都蓋住了，而珊瑚礁的厚度，足在一百呎以上！

木蘭花開始向下潛去。

當她越潛越深的時候，她感到了海水巨大的壓力。

她根本什麼也沒有發現，但是她不再向下潛去，她扭轉了推進器的方向，將她帶出了那個洞穴，重又回到了水面之上。

她一探出頭，就有小艇向她駛來。

她一登上小艇，維龍的聲音就通過無線電對講機傳了過來，道：「維娜麗絲小姐，你觀察的結果怎麼樣？」

木蘭花道：「不行，我得更換工具，我要用我自己設計的深海潛水銅人，才能潛到更深去看個究竟，現在我什麼也看不到！」

小艇將她帶回船上，木蘭花指揮著那些人，將潛水銅人安裝起來，她自己則坐在一張椅子上，並不動手，只是指揮著。

那潛水銅人的設備十分完善，人在裡面可以緩緩移動，它可以抵受巨大的壓力，但不能自己上升，要和船上保持密切的聯絡。

當木蘭花潛水進了銅人，加上球形的頭罩之後，她先和外面試了試無線電聯絡，然後，那船緩緩地駛向前，來到了那洞穴的附近。

木蘭花被緩緩吊起，放入海中。她落在珊瑚礁上，距離那洞穴只不過幾碼，她向前移動著，一到了洞穴邊緣，她的身子便又開始向下沉了下去。

木蘭花用無線電話告訴船上的人，控制著下落的速度，同時，她按亮了所有的探射燈，洞壁的情形，她可以看得十分清楚。

一百呎厚的珊瑚層被掘成了一個大洞，這實在是一項十分巨大的工程！

那個洞的直徑，大約有十二呎，一直通向下面。

木蘭花向下沉著，當她向下看去的時候，下面仍然是一片漆黑，木蘭花在感覺上，彷彿是沉向一個無底的深淵之中一樣。

她調節著潛水銅人底部的強光燈，兩道強烈的光芒向下照射下去，在光芒的照耀下，海水看來十分清澈，映起一片水光來。

可是在海水中，卻一點生物也沒有，一切都好像靜止了一樣，木蘭花已經沉得非常之深了，她仍然沒有發現什麼特別的東西。

而在水面上的維龍顯然已經等得有點不耐煩了，他連連問著：「看到什麼沒有？在珊瑚層之下，究竟是什麼？」

7 珊瑚古城

木蘭花終於穿出了珊瑚層，潛水銅人不再下沉，而停在一層灰白色的細沙之上，那一層細沙，看來好像是火山灰積成的。

木蘭花回答道：「我來到珊瑚層下面了，那是一層灰色的細沙，看來像是火山灰一樣，沙層很厚，我陷下了約有兩呎深。」

維龍的聲音很興奮，道：「你還看到什麼？不錯，火山灰正是在我們的估計之中，你應該已經看到了什麼，下面可有房屋、城牆？」

木蘭花裝著十分奇怪地道：「你在說什麼？房屋、城牆？你們在找的究竟是什麼？難道你們想在海底發現一座城市？」

木蘭花是早已知道他們要在海底發現一座城市，但是維娜麗絲卻不知道，而木蘭花這時正假冒著維娜麗絲，所以她一定要那樣問。

維龍的聲音很沉，道：「是的，一座城市！」

木蘭花又裝出無可奈何，並不相信的語氣來，道：「好的，幸而你們不是想在海底發現一個天國，我想，應該盡可能將那些細沙吸出來。」

維龍道：「可是你現在應該先看看，究竟有什麼！」

木蘭花答應著，她控制著潛水銅人，銅人拔出了陷在細沙中的足部，向前緩緩移動著，木蘭花抬頭向上看去，珊瑚層像一口鐘一樣地覆蓋著。

木蘭花猜想，珊瑚層會形成那樣奇異的結構，一定是它最早形成的時候，海底不斷有氣體冒出來，是以才會有那種情形。

而那種氣體，又有可能是火山爆發所形成的。

如果是那樣的話，那麼維龍他們，就可能已找對了地方，火山爆發，形成海嘯，使整個城市陸沉之後，被埋進了火山灰之中。

那情形，就像是已被發現了的義大利龐貝古城一樣，所不同的是龐貝古城是在陸地上，而現在那個古城，則在被保存在海底！

對於城中的財富而言，在海中一定被保存得更好，因為在城市沉進海中之際，溫度便驟然降低，一切東西都不會受高溫的摧毀！

潛水銅人在海底緩緩地移動著，細沙上留下極深的痕跡，木蘭花前進了約有五十碼，她突然停了下來，在強光的照射下，她看到了一堆黑色的東西！

她來到了那堆黑色的東西旁，再用一支鎚子用力地敲擊著那黑色的東西，那堆東西立即散了開來，變成一塊一塊方形的東西。

木蘭花立時認出來，那是經過人工加工的石塊。

那可能是一堵特別高的高牆。

木蘭花的心頭，不禁怦怦亂跳了起來！

她已找到那古城了！不會只有一堵牆孤零零存在，將那許多細沙吸去之後，一定可以發現那座古城，一座可能還十分完整的古城！

在那剎間，木蘭花的心中想到了許多事，她在想，是不是要將這個發現告訴維龍。

她考慮的結果是：告訴維龍。

因為她究竟不是世界上唯一能進行深水潛海的人，如果她說什麼發現也沒有，維龍心中又感到懷疑的話，就會再派別人來察看。

而當別人有所發現的時候，她的處境就不妙了！

所以，她深深地吸了一口氣，用十分興奮的聲音道：「維龍先生，我想我已經找到一些重要的東西了，那可能是一幅高牆。」

「還有什麼？」維龍忙問。

「暫時還沒有發現，我將那牆的磚頭帶兩塊上來供你察看，如果要有進一步的發現，非將細沙吸上來不可，工程雖大，但也不是不能做到。」

「好，請你將發現的東西帶上來。」

木蘭花用鉗子鉗住了一塊她認為是磚頭的東西，那東西在外表上看來，和穆秀珍送給她的那一塊「古物」，並沒有多大的分別，只不過顏色略淺而已。

木蘭花慢慢地回到了那洞孔下面，然後，命船上的人將她慢慢拉上去，她一到了甲板上，便有人迫不及待地接過了她鉗上來的東西。

那東西立時交到了維龍的手中，木蘭花的頭罩還未曾除下，但是她也可以看到，維龍面上那極興奮的神情，維龍立時回到了他的遊艇上。

木蘭花知道，維龍一定是向黑手黨的總部去報告他的發現了。

木蘭花在幾個人的幫助下，出了潛水銅人，當她走向船頭的時候，維龍已經在他的船上甲板上出現，向木蘭花揚著手，道：「偉大的發現，真了不起，讓我們來慶祝一下！」

木蘭花由一艘小艇上，到了維龍的船上，她掠了掠頭髮，道：「我認為應該有更多的吸沙船來進行工作，才能更快地有所發現。」

「現在我們已經有一艘了，還有三艘，很快就可以趕到，維娜麗絲小姐，我們有了發現，你的報酬，我們可以加倍付給你！」

木蘭花高興地笑道：「謝謝你！」

維龍請木蘭花進了船艙坐了下來，維龍忽然緊盯著木蘭花，道：「你知道麼，我們用早餐的時候，持望遠鏡觀察你的是誰？」

木蘭花鎮定地道：「觀察我？那是誰？」

「是你以前的丈夫，葉奇！」維龍仍然望著木蘭花。

木蘭花一點也不慌張，因為她早已知道那是葉奇，也知道維龍一定會在她的面前提起來，她早已有了準備，自然不必緊張。

她只是不屑地撇了撇嘴，道：「是這不中用的傢伙。」

維龍向椅背之上靠了靠，點著了一支煙，深深地吸了一口之後，讓煙在他的鼻孔之中徐徐地噴了出來，道：「我已將他扣留起來了。」

木蘭花像是對這件事一點也沒有興趣一樣，她淡然道：「最好你和他中止工作合約，那麼，我才可以專心一意地工作。」

維龍忽然「哈哈」大笑了起來，他突然一伸手，抓住了木蘭花的手背，木蘭花並不躲避，只是鎮定地望著維龍，帶著一點驚訝的神情。

維龍仍然笑著，當他笑的時候，那支煙在他的唇間不停地顫動著，他道：

「你猜他說了些什麼？我想你一定再也猜不到。」

木蘭花笑道：「像他那種人，會有什麼好話說出來？」

維龍鬆開了手，身子又向後仰去，他道：「葉奇他說，你不是維娜麗絲，你是假的，他一眼就看出來了，親愛的，你聽到了沒有，你是假冒的！」

這一點，全然在木蘭花的意料之外！

她早已料到，維娜麗絲的前夫也在參加維龍的工作，那對她來說，是一個極大的障礙，但是她卻也想不到事情發作得如此之快！

那時，她一面心跳著，一面先笑了起來。

用笑容來掩飾心中的緊張，是最好的了，她笑著道：「噢，這個人居然那麼有趣！去叫他來，讓我吻他一下，如果他早就有那樣的想像力，或者我就不會和他離婚了，他現在在什麼地方？」

維龍也仍然笑著，可是他的目光卻漸趨嚴厲。

他道：「小姐，你還沒有回答我的問題！」

木蘭花睜大了眼，道：「先生，你曾向我問過問題？」

「是的，」維龍的聲音很低沉，「你是誰？」

木蘭花呆坐了一會，然後，她站了起來，道：「維龍先生，我很忙，我沒有時間來和你作那種無聊的猜謎遊戲，如果你不需要我，你可以和我中止工作合約！」

維龍仍然坐著，他凝視著木蘭花，道：「小姐，我已派人到巴黎去調查你，不妨對你直說，我們這裡，是不允許別人混進來的！」

木蘭花突然踏前一步，她重重地一掌擊在桌子上，大聲道：「見你的鬼去，我走了，你要留住我，我也不幹了！」

接著，她就用法語發出了一連串的咒罵來。

維龍站了起來，雙手握著，道：「行了！行了！小姐，我會派人去掌握葉奇的，唉，你以為我想到什麼地方去？我以為你是一個中國人假冒的。」

木蘭花仍然滿面怒容，她嚷道：「最好你以為我是印度人！我可以立即收拾我的潛水用具離去，你是一個骯髒的希臘人！」

維龍忙道：「小姐，請你接受我的道歉！」

「我不接受！」木蘭花氣沖沖地走向外去。

維龍忙攔住了她，道：「小姐，我保證以後不再發生同樣的事，我去趕走葉奇，別讓他再胡說什麼，這樣你看好麼？」

木蘭花手叉著腰，仍然餘怒未息，她冷笑著，道：「哼，中國人，我真不明白，你在這裡發掘，難道是一件非法的事？」

「當然是完全合法的！」維龍先生忙道。

木蘭花道：「那你害怕什麼？」

這個問題，顯然是維龍先生難以回答的，是以他發出了一陣「哈哈」的笑聲來，轉變了話題，道：「看，吸沙船已在工作了！」

木蘭花向外看去，看到一艘吸沙船，已在將大量的海沙，由一根直徑十六吋的管子之中噴了出來，噴向三十碼之外的海面。

木蘭花道：「好的，如果你再對我懷疑的話，你可以不僱用我，現在我沒有事可做，要去休息了，等另外三艘吸沙船到了再說。」

「你的船艙就在這艘遊艇上，它是最華麗的一個船艙，還有一個女侍服侍你，我來叫她帶你去！」維龍討好地說。

維龍轉過身，對著一具對講機講了幾句話，不一會，一個紅頭髮女侍就在門口出現，維龍道：「帶維娜麗絲小姐去休息。」

女侍十分有禮，道：「小姐，請！」

木蘭花跟著她走了出去，經過了兩道門，便來到了她的船艙之中，維龍講得不錯，那的確是極其華麗舒適的一個船艙。

在經過了剛才的一場小衝突之後，木蘭花知道，維龍對自己的懷疑一定還未能完全去盡，而那紅頭髮女侍，自然是派來監視她的！

而她，也要在那女侍面前，盡量表現自己是一個法國人，所以，她一進船艙，吩咐女侍拉上窗帘，便將外衣一一除去。

她只穿著褻衣，在艙中走來走去，吩咐女侍準備浴水，並且在水中加上最好的香水精油，然後，她舒舒服服地洗了一個澡。

她裹著毛巾走了出來，倒在床上，道：「我要睡了，你別來吵我！」

那女侍十分恭謹地走了出去。

木蘭花自然知道，那女侍離開她的房艙之後，第一件事，一定是向維龍去報告她的一切行動，但木蘭花自信，那女侍的報告，只有使維龍更相信她不是假冒的！

木蘭花真的睡著了。

她睡得相當沉，當她醒來的時候，已是一片漆黑。

木蘭花披上一件外衣，打開了艙門，那女侍立即出現，道：「小姐，你需要什麼？」

木蘭花打了一個呵欠，道：「現在是什麼時候了？」

「已經快午夜了！」

「吸沙船到了沒有？」

「還沒有，但是天亮之前可以趕到。」

木蘭花笑了一笑，她沒有再說什麼，她只不過隨便問了一句話，已使那「女侍」露出了口風，證明她並不是真正的女侍。

因為一個女侍，是不會知道吸沙船在什麼時候到達那樣的大事的，她又打了一個呵欠，道：「替我弄一些吃的東西來！」

那女侍答應著，走了開去。

木蘭花來到了船舷邊上，憑欄而立，海風吹拂著她的頭髮，她看到那一艘吸沙船上，燈火通明，正在整夜地進行工作。

木蘭花心中想，到如今為止，自己還算是成功的，因為維龍雖然已對自己產生了懷疑，但是他絕沒有足夠的證物來證實自己的身分。

想起日間，維龍談及一個「中國人」之際，木蘭花又是吃驚又是好奇，維龍所談的「中國人」，顯然就是指她，木蘭花而言的！

由此可知，維龍不是不無小心預防著她！

但是維龍做夢也想不到，一個中國人竟然能操如此流利的法語！

木蘭花知道，日間令得維龍突然改變了態度的，就是她那一連串用法語說出來的咒罵。

當木蘭花學習法語的時候，她也曾覺得很吃力，但是她知道，自己所花的辛勤，總有一天是會有用的，現在已證實這一點了。

木蘭花又繼續地想著，如果真的在海底發現了那古城，維龍是向希臘政府進行過合法的申請手續的，黑手黨可以名正言順地得到古城中三分之二的財富。

那麼，她又會用什麼方法來破壞這件事呢？

木蘭花還沒有想出什麼辦法來，她已看到那女侍推著餐車走了過來，木蘭花回到了艙中，享受了一餐豐富的晚餐。

在接下來的三天內，木蘭花十分清閒，吸沙船日夜不停地工作，估計每一天至少可以吸出五千噸以上的海沙來，但是沙層十分厚，至少需要六天的工作，才能再潛下海去，作進一步的檢查。

木蘭花吩咐挖沙船上的工作人員注意吸出來的沙中，可曾夾雜著別的東西，她每天要做的事，只是站在甲板上看著而已。

她沒有再看到葉奇，維龍也未曾在她面前再提起葉奇來。

木蘭花和維龍之間，相處得似乎很好。

一天一天地過去，到了第五天早上，從噴出的海沙中，已可以看到夾雜著不少石塊，和一些零星的陶器用具，維龍顯得十分興奮。

第八天早上，木蘭花又再一次地進入潛水銅人之中，潛下海去，在她穿過了珊瑚層之後，她整個人都為之呆了一呆！

她看到了房屋，那些房屋雖然還有一大半埋在沙中，但是卻是極其完整的房屋，甚至連屋頂也同樣保持著完整！

這一次，她是攜帶著水底電視攝影機下水的，所以她看到了什麼，維龍在水面之上也可以同樣看到什麼，木蘭花立即道：「維龍先生，你看到了沒有？」

「我看到了！」維龍叫嚷著，「一座城，完整地一座城！請你盡量走動，讓我再看看清楚，看看我找到了的那座古城！」

木蘭花慢慢地向前走動著，屋子的一半還埋在沙中，那一半沙要清理起來比較困難，但也不是沒有法子的，維龍真的已掘到了那古城！

木蘭花來到了一間看來十分宏偉的屋子之前，那屋子有著很多的圍牆，木蘭花用力推了一推，那圍牆就搖晃著倒了下來。

圍牆的倒坍，令海沙揚起來，她立時聽到了維龍的高叫聲，道：「別破壞它們。」

「一推就倒了，先生，它們在海底埋了很多年，並不是新建成的東西！」木蘭花回答著，等著海沙又漸漸沉了下來。

她繼續向前走著，直來到了那屋子之前。

她伸出鉗子，在屋子的窗框上撥了一撥，發黑發腐的木頭，向上飄了開去，屋子中全是沙，木蘭花道：「維龍先生，你可要弄乾淨屋中的沙，看看裡面的情形？」

「好的！」維龍立時回答。

木蘭花是帶著吸沙船的吸管一起來的，她將吸管移過窗口，道：「那就命令吸沙船工作，要用最低的吸力，不然怕整幢屋子都會被吸走了！」

8 成功因素

木蘭花聽到維龍在下達命令，不到一分鐘，屋中的積沙，便已流進了吸管之中，沙不斷流動，吸管的口徑雖然不大，但是沙也去得很迅速。

二十分鐘之後，屋中的積沙已去了一大半。

木蘭花不禁又發出了一下驚嘆聲來。

她已經可以看清屋中的情形了，一張用大理石造成的桌子，似乎還光整得像新的一樣，許多氣泡升了起來，引起海水的一陣混濁。

那自然是什麼腐爛了的東西所發出來的氣體。

可能那是人體腐爛後所發出來的，也可能是別的東西。

那屋子可能是屬於城中的一個富戶所有的，因為它很宏大，還有四根雲石的柱子，柱子上的花紋，也可以清楚地認出來。

換著，木蘭花又看到了一具雕像。

那是一個小童的大理石雕像，木蘭花用電視鏡頭，對準了那雕像，大聲道：

「維龍先生，你看這具愛琴文化的代表作！」

維龍也發出讚嘆聲來，維龍的讚嘆聲，和木蘭花的出發點不同，木蘭花是有感於這具雕像的優美，讚美人類早期的智慧，但是維龍所想到的，卻是這具雕像被運上岸之後，全世界的博物院都會爭相搶購，而他可以開出高得連他自己都難以相信的價錢來！

屋子中的沙繼續被吸走，木蘭花看到了閃閃的金光，那屋子的近地部分也顯露出來了，足有兩呎直徑的柱墩，那雕像的底座全是金的！

從那種光亮來看，那一定是純金！

木蘭花呆住了，光是這間屋子之中，只怕就有五噸黃金——如果那是實心的話！但那一定是實心的，要不然何以能支持整幢屋子的重量？

維龍雖然只在電視上看到海底的情形，但是他也立即覺察柱墩的閃光，他忙問道：「維娜麗絲，親愛的，柱墩是什麼製成的？」

木蘭花吸了一口氣，道：「黃金！維龍先生，你發財了，我敢打賭，當整個古城清理出來之後，你是世界上擁有黃金最多的人了！」

「黃金！」維龍叫了起來，「它們每一個足有一噸重！」

「恐怕還不止。」木蘭花回答著。

那間屋子中的積沙，在半小時中便被吸盡。

木蘭花慢慢地走進了屋子，當海水漸漸變得清澈之際，木蘭花在水光掩映之中，站在屋子的中心，簡直就像在水晶宮中一樣！

維龍的聲音又傳了下來，道：「你能先帶一塊黃金上來麼？那雕像的底座，你能不能將它帶上來，但是別損壞那雕像！」

木蘭花道：「我怕不能，你不必那麼心急，你要吸去更多的海沙，然後，我再組織大隊的海底打撈隊，什麼都可以弄上來。」

「好的，請你先上來——」

木蘭花令潛水銅人升高，她仍從窗口中出來，慢慢向前移動著。當她在海底移動之際，她迅速地在轉著念，維龍已經成功了！

沒有人能估計出這個古城中有著多少財富，木蘭花也不能。但是木蘭花卻知道，這是一筆驚人到了極點的巨大財富。

木蘭花也知道，這筆財富絕不能落在黑手黨的手中，她必須令之仍然長埋海底，可是，用什麼方法可以達到這一目的呢？

木蘭花首先想到的是：炸藥！

但是，那要用多少炸藥，才能將整個珊瑚層炸開，使得後來的人無法再來發掘？那要好幾噸烈性炸藥，她有什麼辦法獲得那麼多炸藥？

木蘭花的心中苦笑著，她已經來到了那個洞的下面，她叫上面的人將她拉上去，當她到了甲板上的時候，維龍幾乎是向她撲了過來的。

木蘭花在潛水銅人中出來，維龍就緊緊地抱住了她，在甲板上打著轉，木蘭花看到的每一個人的臉上，都是充滿了笑容的，木蘭花也不得不作出高興的樣子來。

維龍足足抱住了她，轉了十來個圈，才將她放了下來，維龍高舉著手，道：「我們成功了，讓我們來狂歡慶祝，每一個人都可以喝酒！」

幾十艘船上，都發出了轟雷也似的歡聲來。

木蘭花掠了掠頭髮，道：「維龍先生，我認為你還是暫時保守秘密的好，那麼多黃金，會引起別人的覬覦的，那時就麻煩了！」

木蘭花的話，卻引起了維龍的一陣轟笑聲，他一定是太高興了，是以多少有點得意忘形，他一伸手，道：「你看我們這些船！」

木蘭花道：「那都是一些普通的船隻！」

「哈哈，你錯了，親愛的小姐，」維龍說：「他們每一艘都有著驚人的戰鬥力，我率領的，是一個真正的小型艦隊！」

木蘭花裝出驚愕的神情來，而也就在那一剎間，木蘭花已經想到了，要使黑手黨得不到那筆財富，只有用一個潛水艇隊，來對付維龍的船隊！

這個辦法，木蘭花以前不是未曾想到過，但是她卻並不想付諸實行，因為那會死很多人，那時，木蘭花以為在船上工作的人都是不知情的。

但這時，木蘭花卻已從各人臉上的神情中看出來，那些人，全是黑手黨徒，更可能全是從世界各地調來的精銳黑手黨徒！

可是，到何處去調集一個潛水艇隊來呢？

木蘭花沒有再想下去，因為這時，她需要裝出歡欣的樣子來，才不會令人懷疑。

維龍所說的狂歡，是真正的狂歡，每一艘船上都有人唱歌，有人跳舞，一個一個的空酒瓶被拋進海中，人們奔來奔去，大聲狂笑！

看那情形，簡直就像是一群海盜攻掠了一個城池。

維龍、木蘭花和幾個高級人員在一起，狂歡一直繼續著，但是等到天色漸漸黑了下來之後，每一艘船上都靜了不少。

很多人都醉了，但是維龍究竟是十分精明的領導者，在每艘船上，也都有完全未曾喝酒的人，在擔任著守衛的工作。而維龍自己，也保持著一定程度的清醒。

木蘭花在天黑之後，就回到了她自己的艙中，她坐了下來，皺著眉，思索著，突然之間，她霍然站了起來，她想到了！

她想到了那個「戰犯搜索同盟」！

這個「戰犯搜索同盟」，自然沒有能力派出一整隊有戰鬥力的潛艇，但是木蘭花卻知道，這樣的同盟，實際上和某國有著密切的聯繫。

某國的人民，在第二次世界大戰期間，受納粹的毒害最深，已到了該國人民一提起納粹，人人都咬牙切齒的地步！

如果由那個同盟出面，向某國政府提議，派一隊潛艇來，不但可以擄獲維龍，而且還可以得到巨額財富，某國政府或者是會考慮。

自然，這件事進行得不好，可能會引起國際間的軒然大波，但如果處理得當的話，卻也可以大事化小，小事化無，因為要對付的是惡名昭彰的黑手黨。

而且，事實上，某國的特工人員，一直在盡一切可能搜集罪大惡極的納粹戰犯！這一切，都需要和那個組織的人長談，再由他們和某國政府接頭。

木蘭花站了起來，她要和那組織的人通一次話。

木蘭花慢慢推開了艙門，船上很靜，但是維龍的艙中，卻還有燈光透出來。

木蘭花早已知道，電訊室在船首部分，電訊室中自然有人當值，但木蘭花卻並不將之放在心上，要令當值人員昏過去，而不知是什麼人令他昏迷的，那太容易了！

木蘭花看了一會兒，慢慢走了出去。

她沿著船舷向前走著，當她經過維龍的船艙之際，她略停了一停，遊艇上很平靜，而且到現在為止，也沒有什麼意外發生。

但是，木蘭花卻看到過，那戰犯搜索組的人在登上遊艇之後，觸動了警戒網，而幾乎失手被擒，如果這時，她不小心行事的話，後果實是難以設想！

木蘭花仍然靠著船舷邊上的欄杆，她小心地打量著四周圍的一切，直到肯定沒有什麼可疑之處了，她才又繼續向前走去。

她慢慢地走過了維龍的房艙，來到了電訊室的門口。

在電訊室的門口，木蘭花略停了一停，她先將耳朵貼在門上，向內傾聽了一下，室內並沒有什麼動靜，木蘭花握住了門柄，輕輕地旋轉著。

當她推開門的時候，她只將門推開一道縫，她看到了一副完整的通訊設備，而一個身形高大的人，正背對著門，坐在控制台前。

木蘭花取出了她特製的小型麻醉槍來，瞄準了那人的後頸，拉動了槍機，那人的身子突然一挺，接著，便伏倒在控制台上。

而這一切經過之中所發出的聲響，只不過是極其輕微的「嗤」地一聲而已，木蘭花忙閃身而入，關上了門，將那人搬了開去，她坐了下來。

她這時的處境雖然極其危險，但是她的手指卻是靈活而穩定，在各種掣鈕上不斷地調節著，她又戴上了耳筒。

十分鐘之後，她就不斷地發出呼號聲，又過了五分鐘，她聽到了一個聲音，而且，她一聽便聽出那是那組織中那位跛腳人的聲音。

木蘭花將聲音壓得十分之低，道：「我是木蘭花！」

那跛腳人呆了一呆，接著，他的聲音聽來十分激動，他道：「蘭花小姐，上次多謝你救了我的朋友，我們正在展開第二次計劃！」

「你們的計劃只怕要有多少改變，我也有一個計劃，你不妨聽一聽。」木蘭花急速但清楚地說著：「我的計劃是因為目前的情況而產生的。」

「請說！」跛腳人的聲音很嚴肅。

木蘭花並沒有說出她冒充維娜露絲一事，只是將黑手黨已發現了珊瑚層下的古城一事，向對方約略講了一下，然後，便提出了她的計劃。

她這時和那跛腳人講的計劃，就是她剛才所想到的，她要戰犯搜索組織向某國去求助，不但可以捉到維龍，而且還可以有巨大的財富，某國只要肯派出一個中隊的潛艇，事情就好辦了。

跛腳人用心地聽著，等到木蘭花講完，他才道：「好的，我們立即去進行，如果有了結果，我們該如何和你聯絡才好？」

木蘭花略想了一想，便道：「如果你要和我聯絡的話，我現在正在維龍的船隊之中，我的化名是維娜麗絲，身分是深海潛水專家，你可以用無線電話和我聯絡，但別忘記，你的電話必須是在巴黎打出，你可以作為是我在巴黎的友人。」

跛腳人答應著，木蘭花立時又將所有的掣鈕回復了原狀，她又將那人扶到了椅子上，在電訊室的一個小櫥中，找到了一瓶酒，倒了一些在那人的口中，將酒瓶塞在那人的手內，拔出了那人後頸上的麻醉針，然後，她才打開了門，外面仍然什麼動靜也沒有。

就像是什麼事也沒有發生過一樣，木蘭花回到了艙中。

她在一張沙發上坐了下來，長長地吁一口氣。

她的計劃，某國是不是肯接納，她至多只有一半把握，木蘭花不得不想到，如果潛艇隊開到了地中海，那麼，下一步該怎樣？

維龍在知悉了自己已被潛艇包圍之後，會有什麼反應？木蘭花可以肯定他不會投降，因為維龍不會不知道他投降後會得到什麼結果。

如果維龍下令抵抗，那麼海面之上和海面下，都將會出現一場激戰！

木蘭花想到這一點，不禁緊緊地皺起了雙眉來。

她深深地吸了一口氣，維龍現在對她，可以說已不加防範了，那麼，當事情發展到最緊張的時候，她要出手制住維龍，應該不是難事。

如果先除去了維龍，船隊群蛇無首，就好對付得多了！

木蘭花又想了好一會，才躺在床上睡了過去。

她是被一陣喧鬧聲吵醒的，她睜開眼來，天還沒有亮，她聽得電訊室那面，有人在高聲叫嚷著，又有一陣腳步聲向那面奔過去。

接著，便聽見了維龍的怒喝聲，道：「你喝醉了酒！」

有一個人用很委曲的聲音道：「沒有，有人向我襲擊，我在突然間昏了過去，維龍先生，那是真的事！」

維龍的聲音仍很憤怒地斥道：「那不可能！」

木蘭花也打開了門，探頭出去，她打著呵欠，問道：「什麼事情？」

維龍在電訊室的門口，那電訊員苦著一張臉，大有哭笑不得的神情，維龍正在向著那電訊員大喝道：「滾回去睡覺，另外找人來替代你！」

木蘭花自然完全明白是怎麼一回事，那電訊員醒了過來，他自然要大聲吵嚷，可是他卻一身酒氣，精明如維龍，自然也只當他是喝醉了酒。

木蘭花看到那電訊員低著頭，走了開去，心中只覺得好笑，她沒有再看下去，就回到了自己的船艙之中。

第二天，一整天吸沙船都在不斷工作，而木蘭花則開始在船隊的人員之中挑選身體強壯的，有潛水經驗的人，組成一個深水打撈隊。

大批的潛水器材由三架水上運輸機不斷地運來，維龍對於木蘭花的工作能力極其欣賞，木蘭花猜想他在巴黎對維娜麗絲的調查報告也已到手了。

維龍是調查不出什麼來的，因為維娜麗絲一直在國際警方的總部大廈之中，維龍手下的人再精明，也是找不到她的。

吸沙船又工作了兩天，那一天傍晚時分，木蘭花又潛下珊瑚層去了一次，這一次，她是帶著四個人一起潛下去的，她和那四個人為打撈工作做了不少準備。

木蘭花的心中十分焦急，因為戰犯搜索團方面的消息還沒有，如果她的那個計劃不成功的話，那就只好眼看黑手黨得到那大批財富了！

當她從深海回到船上之後，和她一起潛下海水去的那四個人，簡直興奮得一句話也講不出來，因為他們在海底，看到了他們從來也未曾見過的那麼多黃金！

木蘭花和維龍一起用晚餐，晚餐後，海面上閃耀著一片銀光，那正是月圓之夜，海水平靜得像是一面閃著銀光的大鏡子。

木蘭花坐在甲板上，她在想，打撈工作明天就要開始了，而戰犯搜索團方面，一點消息也沒有，自己是不是要改變計劃呢？

她雙眉緊蹙著，心中打不定主意，突然，在她的身後，傳來了維龍的聲音道：「你在想什麼？」

木蘭花略吃了一驚，她立即道：「我在想，你是不是會允許我將我這次工作的經過，寫成一篇真實的報導，在深海冒險雜誌上發表。」

維龍搖了搖頭，道：「當然不能。」

木蘭花裝著不明白也似地睜大了眼睛。

維龍笑了笑，道：「維娜麗絲，這些日子來，我發現你是極有才能的人，如果你肯加入我們的組織，我可以擔保你在組織中有極高的地位。」

「組織？」木蘭花反問：「什麼組織？」

維龍笑了笑，道：「維娜麗絲，我們的組織是黑手黨，而我是黑手黨領導核心之一，我想你不會不知道黑手黨這個組織吧。」

木蘭花的臉上現出十分逼真的吃驚神色來，但是她隨即笑了一笑。掠了掠頭髮，道：「原來那樣，我想我要考慮一下。」

維龍笑了起來，道：「當然，這是一件大事！」

木蘭花仍然皺著眉，就在這時候，電訊室的門打開，一個電訊員探頭出來，叫道：「維娜麗絲小姐，巴黎來的無線電話！」

木蘭花懶洋洋地應了一聲，而維龍的臉上，立時現出了一種異樣的神情來。

木蘭花問道：「是男人，還是女人？」

「是一位先生。」電訊員回答。

木蘭花高興地笑了起來，道：「一定是他，我還以為他將我忘了，那麼多天都不來問候我一下工作的情形。」

木蘭花又向維龍一笑，走進了電訊室，維龍也跟了進來。有無線電話打到了船隊來，維龍的心中，仍不免有多少起疑。

木蘭花拿起了電話聽筒，用十分柔軟的聲音道：「達令，如果你在我整個工作時期都不打電話來，我回巴黎之後，就不再睬你了！」

那邊略停了幾秒鐘，木蘭花才聽到那跛腳人的聲音，道：「別生氣，親愛的，你也知道我的工作十分忙，我無時無刻不在想念你。」

「你的設計工作已完成了麼？」木蘭花問。

「完成了！完成得很圓滿，九幢房屋已經開始動工，你立即就可以看到那九幢美麗的屋子了，它們是最現代化的！」

「當然，達鈴，我對你的設計有信心，我的工作也很順利，如果你只是向我問候，那麼，你可以放心，我很好。」木蘭花說著。

「好的，再見。」跛腳人回答著。

通話結束了。

木蘭花和跛腳人的通話，似乎一點也沒有什麼秘密，但是木蘭花卻已知道，戰犯搜索團請求援助，已經達到目的了！

她也聽出了那跛腳人所說的隱語，知道九艘最現代化設備的潛艇已經出發，到千地亞島來了，某國正在地中海的東岸，到千地亞島，只有七百公里的航程。

那也就是說，到天明時分，潛艇隊就可以包圍船隊了！

木蘭花輕鬆地轉過身來，維龍滿面笑容地望著木蘭花，道：「那是你的愛人？」

「是的。」木蘭花立即回答。

維龍仍然笑著，道：「我想，你應該知道他現在是在什麼地方？」

「當然知道，他在巴黎！」

「在巴黎的什麼地方？」

木蘭花心中一凜，但是她仍然裝出不經意的神氣，道：「在家中，或者是在他常去的建築師俱樂部之中，誰知道？」

她一面說，一面向電訊室之外走去。

可是維龍的身子卻閃了一閃，攔住了門口。

木蘭花的心中又是一凜，她還未曾說什麼，維龍又道：「我想，如果你忽然再打一個無線電話給他，他一定會很驚奇的。」

木蘭花也笑著，道：「的確是。」

「那麼，請你打給他，先打到他的寓所，怎麼樣？」維龍的笑容開始不再那麼友善，而有著一絲奸詐的意味。

木蘭花聳了聳肩，道：「為什麼你一定要我打這個電話，維龍先生，你的心中在想什麼？」

「我想知道，是不是真有那個建築師！」維龍的臉色立時向下一沉，他臉上的笑容凝住了，現出了一副十分精明嚴厲的神色來。

木蘭花笑著，道：「原來你是在懷疑我，或許我那朋友是中國人？所以你才又起了懷疑？」

「我不和你說笑，小姐，」維龍的聲音很冷酷，「要打無線電話到我的船隊中來，並不是一件容易的事，得經過許多波折，而你的朋友竟未曾在電話中提到這一點，只講他自己的設計，而且，他說到他的設計，還是你先開始問他的。」

木蘭花現出憤然的神色來，她轉過身去，背對著維龍，向那電訊員道：

「好，請你接巴黎的電話，六〇——三四七七，找達文先生。」

那個電話號碼和那個名字，全是木蘭花在不到十分之一秒鐘的時間內信口胡謅出來的，而也就在那剎間，她已經有了決定！

她很佩服維龍的精明，在一個幾乎沒有任何破綻的電話之中，也給他找到了破綻，但是，維龍卻還只是懷疑，未能肯定。

在那樣的情形下，她實在不能再多等待了！她要立即下手！

是以，就在她轉過身去的那一剎間，她的手臂略向前伸了一伸，那柄小型的麻醉槍，已自她的衣袖之中彈到了她的手上。

潛艇隊在天亮時分可能到達，她只要控制維龍到天亮，就可以沒有問題了，而如果她再不下手的話，她的偽裝身分很快就會被拆穿了！

她背對著維龍，握槍在手，維龍並不知道，而木蘭花也根本不轉過身來，只是向後略揚了一揚，「嗤」地一聲響，一枚麻醉針已射了出去。

幾乎是立即地，維龍發出了一下悶哼聲來，突然「咕咚」一聲跌倒在地上，那電訊員忙站了起來，道：「維龍先生，你怎麼了？」

可是他才一站起來，木蘭花的第二支麻醉針又已射了出來，那電訊員在中了

木蘭花立時用一種十分嬌媚的聲音回答道：「先生，我看你還是不要繼續叫喚的好，維龍先生十分疲倦，他正在沉睡！」

那人陡地一呆，失聲道：「維娜麗絲小姐！」

木蘭花道：「是的。」

那人道：「你和……維龍先生在一起……這……維娜麗絲小姐，這件事十分重要，請你立即叫醒他，來處理這件事。」

木蘭花裝出一陣嬌笑聲來，道：「我看沒有什麼大不了，你們的尋寶行動是合法的，有潛艇接近，何必那麼緊張！」

那人大叫道：「維娜麗絲小姐！」

木蘭花立時按下停止通話掣。她自然知道，事情決不會就那樣了結的，但是她能夠拖延每一分鐘，都對事情有莫大的幫助，她一按下通話掣，立時走到了門口。

果然，不到兩分鐘，門上便傳來了急驟的敲門聲。

木蘭花讓他們敲上片刻，才突然將門打開。

三個維龍手下的高級人員衝了進來。他們一衝進了艙中，立即看到了被綁在椅上的維龍，他們三個人的反應十分快，立時在同時間拔出槍來，但是，木蘭花已先下了手。

三枚麻醉針，令得那三個人一起倒了下去。木蘭花立時又關上了門。

有潛艇駛近的消息，顯然這只有高層人員知道，因為船隊上還很沉靜，木蘭花緊張得心頭怦怦亂跳，她控制了維龍和那三個高級人員，不會再有人下令向潛艇攻擊，但是，潛艇隊什麼時候可以趕到呢？為什麼潛艇隊還未曾發出警告呢？

木蘭花又焦急地等了五分鐘，突然之間，海面上傳來了「轟」、「轟」、「轟」三下巨響，木蘭花立時打開門，向外望去。

當她打開門的時候，突然海面掀起了洶湧的海浪，船身在劇烈地搖擺著，她幾乎站立不穩！

她連忙伸手扶住了門框，她看到在船隊中心的海面上，升起了三股高達數十呎的大水柱，水柱升到了半空之中，轟然爆散！

在波濤洶湧之中，有六艘巨型的潛艇已經浮上了水面，潛艇一升上海面，兩旁的鋼板立時打開，每一艘潛艇中，疾駛出八艘快艇來。

而每一艘快艇上，至少有二十名士兵！

那一切，全是在不到兩分鐘之內的事情，木蘭花看到船隊上的人，倉皇地在船上奔走著，就像是突然被人搗散了巢的螞蟻一樣！

那些士兵無疑受過精良的訓練，他們向天開著槍，迅速地接近每一艘船隻，自艇首升起鋼梯，士兵以極高的速度登上了船隻。

維龍的遊艇上，也有七八個人，倉皇地自艙中奔了出來，但是他們根本還沒有機會弄清楚發生了什麼事，木蘭花的麻醉槍便令他們昏了過去。

接著，自六艘浮上水面的潛艇上，一齊發出了極其響亮的聲音：「所有的人，放棄抵抗的武器，都沒有生命的危險，我們的目的，只是一個人！」

事實上，那些人就算要抵抗的話，也不可能了，因為事情來得實在太突然，當他們定下神來之際，所有的船隻都被士兵佔領了。

又一艘快艇，向著維龍的遊艇疾駛而來。

木蘭花看到了那跛腳人，和幾個看來是高級軍官模樣的人，他們立即登上了遊艇，一個軍官立時用槍指住了木蘭花。

那跛腳人立時喝道：「木蘭花小姐呢？」

木蘭花伸手，緩緩撕下了貼在她臉上已快一個月的那層薄膜，她又剝下了貼在她鼻上的軟膠，脫下了隱形眼鏡，然後她笑道：「我就是木蘭花！」

那跛足人和幾個軍官看得目瞪口呆！

木蘭花道：「維龍在船艙中。」

幾個軍官立衝進了艙中，而且立即架著維龍走了出來，維龍望著頭髮還是金色的木蘭花，現出了十分沮喪的神情來。

木蘭花拉去了他口中的布條，道：「維龍先生，真對不起，你已經夠精明的了，我對你的精明，表示衷心的佩服！」

維龍的臉色十分難看，他喃喃地道：「我後悔沒有聽葉奇的話，我還將他趕回雅典去了！」

木蘭花道：「是你自信心太強了，你對任何事情，都相信你自己的判斷，就算同樣的事再發生一次，你也不會聽他的話，你不必後悔了！」

那兩個軍官架著維龍，登上了快艇，送他到潛艇中去。木蘭花道：「潛艇隊是由誰負責的？」

「是我！」一個頭髮花白的高級軍官說。

跛腳人道：「他是一位將軍。」

「將軍，」木蘭花說：「在海底有巨大的財富，而這裡，又有現代化的打撈設備，你的計劃要如何進行？」

那將軍沉聲道：「我的計劃是不進行，木蘭花小姐，我們是一個國家的正規軍隊，我們如今的行動，傳開去是會發生極惡劣的結果的，所以我們不準備逗留，我們要立即撤退。」

木蘭花皺起了雙眉，道：「我明白你的意思，可是，你們只帶走了維龍，黑手黨徒會捲土重來，如果他們得到了那筆財富——」

將軍沉聲道：「我們可以使它永埋海底！」

木蘭花立時點頭道：「好的！」

將軍轉過頭去，對他身邊的一個軍官道：「命令，破壞對方船隊上的一切攻擊性武器，要他們以最快的速度駛離此處！」

那軍官答應一聲，用無線電通話器傳達了將軍的命令，只聽得在十幾艘船上，響起了一連串的爆炸聲。

半小時之後，登上船隻的士兵已紛紛撤退，木蘭花也和將軍一起到了潛艇之中，潛艇開始向海面發炮，密集的炮彈落在海面上，激起一股又一股的水柱來。

在炮擊停止之後，所有的船隻如同漏網的魚兒一樣，向前駛了出去，轉眼之間，海面上除了六艘潛艇之外，已一艘船也沒有了。

那六艘潛艇也沉下了海中，魚雷開始發射，海水震盪著，魚雷的爆炸，令得潛艇像是翻覆了一樣，強力魚雷的發射，足足繼續了十分鐘之久。

然後，潛艇隊回航了。

木蘭花安靜地坐在潛艇之中，在經過了強力魚雷十分鐘的轟擊之後，整個珊瑚層都可能坍了下來，那古城一定已被完全摧毀了！

古城中的黃金自然還在海底，但隨著洶湧的海浪，黃金會滾散開來，或許日後還會被人發現，但被發現的絕不會是全部。

黑手黨的這個夢，可算是破裂了，除非他們再能找到另一個寶藏，不然，他們要建立黑手黨王國的夢，可能永遠做不成。

木蘭花長長地吁了一口氣。

在經歷了如此的緊張之後，吁一口氣，也是一種享受！

那跛腳人就在這時走了進來，他熱烈地握住了木蘭花的手，道：「維龍什麼都承認了，二次大戰期間，他是納粹的秘密高級人員，曾殺了許多人！」

木蘭花在某國的潛艇基地上岸，當她被送到某國的首都之後，她看到報上的消息說，地中海干地亞島附近，曾有一次輕微的地震，海面波濤洶湧，漁船都在劇烈地左右搖擺云云。

那時，木蘭花已在機場上了。

第二天，她便到了巴黎，她一下機，便立時趕到國際警方的總部，安妮和維娜麗絲全在，安妮那幾天中，鬧得國際警方總部的人個個沒精打采，因為她的國際象棋贏了每一個人。

木蘭花向他們敘述著事情的經過，聽得人人咋舌。

一個高級人員在聽到了木蘭花竟想出邀請某國的潛艇隊來對付維龍的船隊之際，失聲道：「木蘭花小姐，你幾乎引起了一場世界大戰！」

木蘭花道：「是的，那是很危險的，維龍事先是經過合法的申請，他就受著保護，但是我卻沒有第二個辦法可想了，這件事，當然是極度的秘密！」

「極度的秘密！」所有人都同意地說著。

這件事果然是極度的秘密，當維龍出現在國際戰犯法庭之際，也沒有人知道他是在什麼情形之下被逮捕的。黑手黨徒自然知道，但他們也不會宣揚出去。

木蘭花要做的事全都做妥了，只有一點，就是她在國際警方總部內所做的最後一件事，就是將她的頭髮染回黑色來。

同時，木蘭花還在設想著，當她回去之後，穆秀珍和高翔兩人知道在他們離去之後，沉悶的等待突然變成那樣的刺激緊張時，他們會如何地後悔！

木蘭花想到這一點時，不禁笑了起來。

耐心地等待，這是成功的因素之一！

獵頭禁地

1 求救信

木蘭花的地址並不是公開的，但是卻也不是什麼秘密，所以她常常接到很多不相識的人的來信，木蘭花對每一封信，都看得十分認真。

那天早上，陽光明媚，郵差一早就送了一大疊的信來。

安妮接過了信，一封一封地拆了開來，用夾子將信紙和信封夾在一起，好使木蘭花看信的時候省點力。

當她拆開了一個淺綠色的信封之際，她皺了皺眉，抬起頭來，道：「蘭花姐，那姓王的女孩子，又有信來了！」

木蘭花站在陽臺上，望著在陽光下閃耀起奪目光輝的平靜海面，她笑著道：「這已是她的第四封信了，對不？」

安妮點著頭，道：「是，蘭花姐，她信中所寫的，一封比一封焦切，你不認為應該見一見她麼？看來她真的遭到了極大的困難！」

木蘭花慢慢地轉過身，來到安妮的身邊。

安妮忙將那封信，遞到了木蘭花的面前。

信上字跡很完整，很娟秀，一看就知道是一個少女的筆跡，信也寫得很好：

蘭花姐姐：

我以前的三封信，你應該收到了，為什麼我一直得不到你的回音？我的心中亂極了，我想，世界上除了你之外，沒有別的人再可以幫助我，我要你幫助，我實在需要你的幫助，你為什麼不理睬我？如果你再不回答我，那麼我就絕望了，蘭花姐姐，你不會使我絕望的吧？

王可麗上。

安妮等到木蘭花看完了那封信，她的神情多少有點激動，道：「蘭花姐，你難道真的不理睬她？她可能真的需要幫助！」

木蘭花呆了片刻，才嘆了一聲，道：「安妮，她第一封信不是寫著她的電話號碼麼？你和她通一個電話，請她到我們這裡來談一談。」

安妮立時高興地叫了起來，她一按枴杖上的掣，杖尖伸長了呎許，她已「站」了起來。

她立即來到了電話旁，回頭向木蘭花一笑，道：「我等你這個吩咐，等了好久了，蘭花姐，我想王可麗一定是一個很可愛的小女孩！」

木蘭花笑著，道：「聽你的口氣，好像你是一個大女孩了！」

安妮高興地撥著電話號碼，木蘭花卻走了開去，如果不是她看到了安妮那種渴望和王可麗連絡的神情，她是不準備和王可麗會面的。

從第一封來信中，木蘭花就斷定那位王可麗小姐不會超過十六歲，這個年齡的女孩子，有許多古古怪怪的幻想，一件微不足道的事情，在這個年齡的女孩子看來，可能變得十分的重要，所以雖然從第一封信起，信中的語氣就十分焦急，但是木蘭花卻只是一笑置之。

而這時，她之所以決定見一見那少女，多半還是為了安妮。因為，在接連三封信之後，木蘭花雖然沒有什麼表示，但安妮卻已顯得十分不安了。

安妮時時趁機提起這件事來，木蘭花知道安妮的心地十分好，急於幫助她從來也未曾見過面的人，而木蘭花在督促安妮的學業上雖然極其嚴厲，然而她心中對安妮也是愛護備至的。

木蘭花心想，就算沒有什麼大事，讓安妮多一個朋友，也是好的。

木蘭花一面想著，一面已來到了花園中。

也就在那時，她聽到安妮在陽臺上大叫著，道：「蘭花姐，王可麗說，她馬上就來，你猜她住在哪裡？就在那邊山頭上的那幢淺藍色的洋房中！」

木蘭花住在郊外，從她的房子看出去，可以看到很多也在郊外的房子，那幢淺藍色的小洋房，十分精緻，木蘭花自然對之不會陌生。

木蘭花抬頭望了那房子一眼，道：「那麼，你還不準備下來迎接客人？」

「我來了！」安妮答應著。

她控制著她的枴杖，自她的枴杖尖端發出了「嗤嗤」的聲響，她人已搖搖晃晃地從陽臺的欄杆上飛越而過，落在木蘭花的身邊。

木蘭花搖著頭道：「安妮，五風說過，枴杖中儲存的飛行動力並不太多，非到必要的時候不可使用，你怎麼忘了？」

安妮吐了吐舌頭，道：「蘭花姐，我實在是太高興了！」

木蘭花也不忍心多責備她，只是笑了笑，道：「安妮，你有了能幫助人的機會，就那麼的高興，這真難得，幫助人，本來就比接受幫助更快樂！」

安妮又高興地笑了起來，但是她立即皺起了眉，道：「蘭花姐，你想王可麗她有了什麼困難，我們是不是能夠幫助她？」

木蘭花道：「那要看你是不是肯盡力了！」

助的。」

「我？」安妮驚訝地問。

「當然是你，你已將她當作是你的朋友了，是麼？」

「噢！」安妮叫著，「蘭花姐，你總不成袖手旁觀，她寫信來，是向你求

「可是如果你獨力可以幫助她，為什麼不自己試一試？」

木蘭花微笑著，她突然抬頭，道：「你看，那一定是王可麗了！」

在公路上，一輛自行車正急速地駛來。

在自行車上的，是一個十五六歲的少女，她穿著一套白色的運動裝，頭髮剪得短短地，自行車在木蘭花住所的鐵門外停了下來。

安妮早已到了鐵門口，門外的那少女看來很健康，她有著圓圓的臉，和一雙明媚的大眼睛。她望著安妮，有點羞澀地道：「我是王可麗。」

安妮拉開了鐵門，向她伸出手去，道：「我是安妮。」

王可麗點頭道：「我知道你，蘭花姐姐——」

「她正等著你。」安妮拉住了王可麗的手，將王可麗拉了進來。

木蘭花也迎了上去，王可麗看到了木蘭花，又是高興，又是拘謹，木蘭花以十分親切的微笑迎接著她，道：「真對不起，一直等接到了你第四封信，才給你

回音。」

王可麗漲紅了臉，道：「不，不，你肯見我，我實在太高興了！」

木蘭花可以看得出，王可麗是真的高興，但是木蘭花更可以看得出，王可麗的心中有著十分令她憂愁的事情，因為王可麗的臉上，有一種迫不及待的神情，她好幾次想要說什麼，可是嘴唇掀動著，卻又沒有講出來。

木蘭花也握住了她的手，那樣，可以減少一些她心中的焦慮，木蘭花道：「別著急，你有什麼為難的事，我們可以慢慢來商量。」

王可麗點著頭，她們一起在花園的長凳上坐了下來。

像王可麗那樣年紀的女孩子是最純真的，雖然她有事來求木蘭花，但是她卻也不會像成年人一樣，先說上一大串客套話。

她一坐了下來，就道：「蘭花姐姐，我哥哥可能已經死了！」

她才說出了一句話，眼中已是淚花亂轉。

木蘭花呆了一呆，她的判斷能力再高，也絕對無法在這樣沒頭沒腦的一句話之中，猜想出究竟發生了什麼樣的事的。

她問道：「你哥哥是——」

「他叫王可敬，他是——」

王可麗的話還沒有說完，木蘭花和安妮已經「啊」地一聲，安妮立時搶著道：「我知道，王可敬是一個出名的旅行家，探險家，他曾是南極探險隊中的一員，他現在出了什麼事？報上不是登著，他在上個月出發到西非洲去了麼？」

「是的，」王可麗忍著淚，說：「他到西非洲去了，在幾內亞、加納、多哥，他都有信給我，可是到了喀麥隆之後，就音訊全無了！」

木蘭花拍著王可麗的手背，道：「探險家有時候需要經年累月地在原始叢林中度過，我想，你沒有他的音訊，至多半個月吧！」

「十二天了！」王可麗回答。

「那又何必著急？」

王可麗的淚水終於流了下來，道：「他曾和我分開過一年多，我卻沒有焦急，但是這一次，情形卻不同，他可能已……不在人世了！」

王可麗哭得更傷心，她不斷地抽噎著。

木蘭花讓她哭了一會兒才道：「你得將情形和我說一說，你憑什麼以為他已經遭到了不幸，那可能是你的幻想！」

王可麗漸漸止住了哭聲，她道：「不是的，他最後一封信，說是他已在喀麥隆的北面，並且發現了幾個迄今未有人所知的非洲民族，那些土人還完全過著幾萬年以前的原始生活，他準備深入地去研究他們的生活，他在信中告訴我說，那些土人全是獵頭族，從來也沒有人進入過他們居住的範圍之內！」

木蘭花緩緩地吸了一口氣。

獵頭族！這是任何文明人聽到了，心中都不禁要起一股戰慄的一個名詞，木蘭花自然知道，西非洲的原始森林中，凶悍的土人幾乎和世界文明是隔絕的，他們還過著原始的生活，和穴居人差不多，甚至還不懂得使用火！

深入那樣的蠻荒之地去探險，那簡直是將自己的生命當作兒戲，但是如果能夠安然回來的話，對於科學家的貢獻，卻也是無可估量的。

王可敬的探險旅行，已為科學家作了不少新的發現，而他如今的這次冒險，為科學而犧牲的成分，實在是太高了！

木蘭花靜默著，王可麗緊握著她的手，道：「蘭花姐，你認為他怎麼了？」

木蘭花緩緩地搖著頭，道：「我沒有法子知道他怎麼了，因為我對他的情形根本就不瞭解，我看，你還是再等幾天，或者他會有信息來的。」

王可麗黯然地搖著頭，道：「五天前，我接到一封電報，是從中非阿尚博堡打來，發電報的人說他是我哥哥嚮導的兄長，他說，我哥哥和一個嚮導，三個土人一起沿著沙立河，向河上游走去，第二天，三個土人的屍體便順河流了下來，第三天，他的弟弟——那嚮導的屍體，也被人發現……」

王可麗講到這裡，聲音也變得嘶啞了。

她難過地道：「我們自小就沒有父母，一直是我哥哥照料著我，如果他不能回來，我……就決定不再讀書，去承繼他的遺志！」

木蘭花聽得王可麗一面哭，一面說著，只當她說她哥哥如果不回來的話，她就不知道要如何才好了，卻料不到王可麗說出那樣的話來。

木蘭花對王可麗的那份堅強極其欣賞。她望了王可麗半晌，道：「可是，作為一個探險家來說，你年紀還太輕了些。」

王可麗道：「我比安妮大，我今年已十六歲了。」

木蘭花皺著眉，過了半晌，她才道：「來，讓我們先去看看西非洲的地圖。」

安妮忙拉著王可麗的手，兩人一起站了起來，安妮在王可麗的耳際低聲道：「你別急，蘭花姐一定有辦法的！」

木蘭花是聽到安妮低聲交談的，但是她卻沒有說什麼。

她們一起來到了二樓的書房，木蘭花打開了一冊厚厚的世界地圖。

當她翻到了西非洲的那一頁之際，她皺著雙眉，道：「你哥哥遭到意外的地方，是整個黑暗大陸最神秘可怖的地方！」

王可麗咬著下唇，點了點頭。

木蘭花仍然望著地圖，道：「他一定是在沙立河流域出事的，沙立河發源在乍得湖，這裡的說明是乍得湖的附近，除了土人之外，根本沒有別人到過，你說的阿尚博堡，是屬於中非共和國北部的一個城市，如果要尋找你的哥哥，該從那地方開始。」

王可麗失聲道：「尋找我的哥哥？蘭花姐姐，你認為還可以找得到他？」

木蘭花轉過頭來，道：「希望如此，但是你卻不可樂觀，可麗，我的希望，只是寄託在兩點上，其一，他的屍體沒有發現，第二，他是一個著名的探險家，有著適應各種生活環境的本領。」

王可麗停了半晌，才道：「蘭花姐姐，你是說，我們一起到非洲去找他？」

「不。」木蘭花搖著頭。

王可麗低低地嘆了一聲，她以為木蘭花對她是沒有什麼幫助的了。

可是，木蘭花接下來的話，卻令得王可麗張大了口，合不攏來。

木蘭花接著道：「你是不適合到那種蠻荒去的，你反正住得近，如果你一個人嫌寂寞，可以搬過來和安妮一起住，你們——」

木蘭花的話還未講完，安妮已經聽出她話中的意思了，她立時叫了起來，道：「不！當然，我不是不喜歡和可麗一起住，但是——」

木蘭花嚴厲地瞪了她一眼，道：「但是什麼？你更不能去，我一個人去，一有消息，我立即會告訴你們的，可麗，你安心留在本市。」

王可麗搖著頭，她自然不同意木蘭花的辦法，可是她卻不知道該如何反對才好。

安妮大聲地道：「蘭花姐，你一個人，那怎麼可以？」

「那是唯一的辦法，我會沿著沙立河去尋找可麗的哥哥，他是一位令人敬佩的探險家，如果能夠將他從困境中救出來，是一件十分有意義的事，就算不能，也得確定他的生死，好讓世人來哀悼他那種為科學而犧牲的崇高精神！」

王可麗著急地拉著安妮的衣袖，可是木蘭花已經決定了，安妮知道，自己再說也是沒有用處的，是以她只是向王可麗擺了擺手。

木蘭花沉聲道：「我的話，你們聽到了沒有？」

安妮過了片刻，才道：「聽到了。」

木蘭花又審視了地圖半晌，道：「安妮，你替我將有關西非洲的參考書找出來，我要去見幾個人，準備一下應用的東西。」

「你要去見誰？」安妮問。

「見幾個對非洲探險有經驗的人，聽聽他們的意見。」木蘭花回答著，向王可麗點了點頭，便離開了書房。

不一會兒，就聽到了汽車引擎的發動聲，木蘭花已駕車離去了。

王可麗和安妮見面雖然還不到半小時，但是她們年齡相差不多，這時已像老朋友一般。

王可麗苦笑著，道：「如果早知有那樣的結果，我也不會寫信來要求幫助了，要去冒險，我們應該一起去，怎可叫蘭花姐姐一個人去？」

安妮緊皺著雙眉，突然間，她大叫一聲，道：「我有辦法了，找秀珍姐去！」

王可麗一怔，道：「秀珍姐？」

「是的！她一定有辦法的！」安妮頑皮地笑著，「蘭花姐一定會罵我，但是至多捱她一頓罵，也比著她一個人去冒險的好。」

王可麗擔心地道：「如果……秀珍姐姐不肯幫我們？」

安妮笑了起來，道：「那是你不瞭解秀珍姐！她怎會不肯幫我們？我們要她一起偷進太空船，飛至月球去，她也肯的！」

王可麗的心中雖然憂慼，但是聽得安妮那樣說，她也不禁笑了起來。

安妮忙拿起了電話，不一會，她就聽到了穆秀珍的聲音。

安妮大聲叫道：「秀珍姐，你在做什麼？」

「悶死了！」穆秀珍的聲音大得在一旁的王可麗也可以聽得見。

「秀珍姐，我新認識了一個朋友，她是探險家王可敬的妹妹，她有一件很急的急事，非常非常重要，只有你才能幫助我們！」

穆秀珍道：「幫助你們？究竟是你的事還是她的事？」

「是我們的事，你也有份的，你快來！」

「好的，我就來！」穆秀珍「啪」地放下了電話。

安妮道：「秀珍姐是性急的人，她如果知道了蘭花姐要一個人去，一定會不依，和她據理力爭，那我們就可以一起去了。」

王可麗伸頭向窗外望去，看來她的性子也很急。

穆秀珍來得十分快，安妮剛遵照木蘭花的吩咐，找出了六七本參考書，穆秀珍的藍色跑車已經駛到門口了！

她自己推開了鐵門，大聲嚷叫著，走了進來，叫道：「安妮小鬼頭，你在什麼地方？你那朋友怎麼躲著還不出來？」

安妮拉著王可麗奔下了樓梯，穆秀珍剛好在這時衝進了客廳，她向王可麗一看，「唔」地一聲，道：「也是一個小鬼頭，安妮，你可有伴了！」

安妮笑著，道：「秀珍姐，她叫王可麗。」
王可麗不好意思地笑著叫道：「秀珍姐姐。」
穆秀珍拉住了她的手，嚷道：「快說，是什麼事？」
安妮用最簡單的話，將發生了什麼事，向穆秀珍說了一遍，穆秀珍揚著眉，道：「安妮，你出那種鬼主意，小心蘭花姐將你鎖起來！」
安妮呶著嘴，道：「秀珍姐，我們找你來商量，你倒來嚇我們，蘭花姐一個人去冒險，真是凶多吉少，應該有人和她一起去。」
穆秀珍一揚手，手指相叩，發出了「得」地一聲響，道：「你說得對，應該有人和蘭花姐一起去才行！」
安妮和王可麗都高興了起來。
可是，接下來穆秀珍所說的話，卻令得她們兩人目瞪口呆，穆秀珍指著她自己的鼻子，道：「我和她一起去，不是你們！」
安妮和王可麗互望了一眼，安妮的眼向上翻，她叫道：「我暈了！」
穆秀珍瞪著眼，道：「為什麼？」
安妮道：「早知道我們沒有份，真不打算告訴你！」
穆秀珍惡狠狠地道：「你敢！」

安妮笑著道：「秀珍姐，你是最講理的人，你想想，可麗的哥哥生死不明，要她在這裡等消息，那真是一種難以忍受的折磨！」

穆秀珍的心地其實最軟，她不由自主點著頭，道：「你說得倒有道理。」

安妮道：「還有我，要是你們都去了，我一個人孤零零地，有什麼趣味？秀珍姐，我怕一個人，別讓我獨自一個人留在這裡！」

穆秀珍眨著眼睛，嘆了一聲，道：「你想怎麼樣？」

安妮忙道：「蘭花姐一定先到中非共和國的阿尚博堡，我們也在暗中作準備，她一動身，我們就跟著起飛，她到了，我們也到了！」

「那不行，」穆秀珍立時說：「她會將我們趕回來的！」

聽得穆秀珍那樣說，安妮和王可麗互望了一眼，兩人都會心地一笑，因為穆秀珍只是說安妮的辦法不行，並不反對她們三人一起去！

安妮打蛇隨棍上，忙道：「秀珍姐，你有什麼辦法？」

穆秀珍皺著眉，來回踱著道：「蘭花姐如果看到了我們，一定十分發怒，說不定她一怒之下，立即回來，我們豈不是糟糕？」

安妮咬著帕巾，道：「是啊，總得想一個辦法，令她不發怒，又肯帶著我們一起去尋找可麗的哥哥才好。」

穆秀珍突然停了下來，道：「我有辦法了！」

安妮發出了一聲歡呼。

穆秀珍道：「照你的辦法，我們到那個什麼堡去，但是卻先不和她會面，等她開始去探險時，我們跟在她的後面，等和她見了面，大家都在原始森林中，她就算發怒，也沒有辦法了。」

安妮拍手道：「好！好！」

她回過頭來，道：「可麗，你看，我不是早對你說過了，秀珍姐最肯幫我們忙，她才不怕什麼獵頭族了，她什麼都不怕！」

穆秀珍笑了起來，道：「我只怕你，小鬼頭，因為你古靈精怪的主意實在太多了，你要記住，一切都讓我去準備，不得走漏風聲！」

安妮大聲應道：「是！」

穆秀珍拉了拉王可麗的手，安慰了王可麗幾句，就回去了。

當天，木蘭花到天黑才回來，一回來就埋頭看那幾本參考書。

一連兩天，王可麗每天放學就來，但木蘭花幾乎沒有和她說什麼話，倒是安妮和王可麗，真正成了一雙極要好的朋友。

第三天一早，木蘭花就叫醒了安妮，當安妮揉著眼，坐起身來時，木蘭花道：「我要走了，秀珍如果問起來，你不能告訴她我去了那裡！」

安妮心中有虧心事，她不敢望木蘭花，只是點著頭。她早知木蘭花乘搭今早九時半的飛機走，那是穆秀珍調查來的。

而她，穆秀珍和王可麗三人，則乘搭十一時的飛機離開本市，安妮低著頭，道：「蘭花姐，要是高翔哥哥問起來呢？」

木蘭花皺了皺眉，道：「你不妨說我到非洲去了，他正在外埠開會，只怕幾天內不會回來的，你和可麗可別出什麼古怪主意。」

安妮的頭低得更低，她沒有說什麼。

木蘭花將準備好了的一隻手提箱，拎下了樓，安妮送她到了車邊，安妮實在不想瞞著木蘭花，她想將自己的計劃告訴木蘭花。

可是，當她還在猶豫著的時候，木蘭花卻已上了車，立即駛動車子，走了。安妮嘆了一聲，回到屋中，立時和穆秀珍、王可麗通了一個電話。

九點鐘，王可麗和穆秀珍全來了，穆秀珍的車後，也放著一隻箱子，她一下車，就道：「我們的飛行路線和蘭花姐不同，我們可能比她先到班吉。班吉是中非共和國的首都，那阿尚博堡卻是小地方，我問過那裡的人，他說在班吉有小飛機飛去，沿途可能十分辛苦，你們不要後悔才好！」

「一定不後悔！」安妮和王可麗一起說。

「那我們出發了！」穆秀珍神氣地叫著，儼然是一個首領，對王可麗和安妮來說，她自然是真正的首領了。

她們三人一起上了車，車子向機場絕塵而去！

現代的交通工具雖然可以說是速度高到古代人不可思議，但是長程的飛行仍然不免令人困倦，她們經過了中南半島，飛過了印度，穿過了阿拉伯，到了非洲。

她們在開羅停了幾小時。從飛過阿拉伯，木蘭花的飛行路線便和她們三人不同，木蘭花並沒有到開羅，而是先飛到雅典，再從雅典飛到非洲。

從埃及再起飛，她們在蘇丹停了一停，就直飛到了班吉。

中非共和國雖然是一個十分落後的新獨立國家，但是班吉卻是一個美麗的城市。飛機在滿天的晚霞之中，降落在機場上。

非洲的晚霞似乎比任何地方都來得紅艷，她們下了飛機，雖然抬頭望去，看到的全是現代化的建築，但卻也自然而然嗅到了森林的氣味。

一面下機，穆秀珍一面叮囑道：「小心，蘭花姐可能也快到了，我們立時離開機場，到酒店去，讓她發現就糟了！」

她們在經過了海關的檢查之後，就穿過了寬闊的街道，來到酒店中，班吉的建築很現代化，如果不是看到滿街行走的黑人，真想不到那是在非洲。

她們一到了酒店，便打聽什麼時候有飛機飛往阿尚博堡，她們得到的答覆是每天一班，早上七時起飛，旅客不必登記，隨到隨上。

穆秀珍、安妮和王可麗躲在酒店房間中不敢出去，唯恐碰上木蘭花，她們知道，木蘭花也可能落榻在這間酒店，因為那是全城最好的酒店。

木蘭花的確就住在那家酒店之中，但是她來得較遲，在兩小時以後，她走進了那家酒店，高大的黑人侍役忙替她提著箱子。

當木蘭花來到櫃臺之時，酒店的管事以親切的笑容迎接著她，木蘭花問道：「到阿尚博堡去的飛機，每天有飛機起飛？」

「到阿尚博堡去，小姐，你一定和那三位小姐是同路的了！」酒店管事殷勤地說：「她們是大約兩小時之前到達的。」

木蘭花呆了一呆，道：「三位小姐？」

「是的，你和其中的一位很相像，你們是姐妹吧？」酒店管事又說著，「還有一位小姐，支著枴杖，可是行動卻十分快捷。」

不必那酒店管事再向下講去，木蘭花也已明白了！

她立即道：「是的，原來她們已經來了，那你不必另外為我找房間了，她們住在幾號房間，請你告訴我。」

「好的，她們在六樓，六二五號房！」

木蘭花離開了櫃檯，乘搭電梯，到了六樓。

當她站在六二五號房門前時，她的心中實在十分憤怒，穆秀珍實在太胡鬧了，但一定是安妮叫穆秀珍來的。

她一面想著如何處理她們三人，一面伸手去敲門。

她立時聽到了穆秀珍的聲音，道：「進來。」

木蘭花推門進去，穆秀珍立時傻了。

安妮和王可麗卻還沒有發現穆秀珍的傻態，也不知道木蘭花來了，因為她們正在陽臺上，向下看著街景。

木蘭花望了穆秀珍一眼，給了那黑人侍者小賬，黑人侍者退了出去，穆秀珍直到這時，才從驚愕之中驚醒過來。

她尷尬地笑著，道：「安妮，可麗，妳們看誰來了！」

安妮和可麗轉過頭來，她們自然也立時看到了木蘭花，她們兩人都一呆，不知道是走進房間來好，還是繼續留在陽臺上的好。

木蘭花沉著臉，坐了下來，叫道：「秀珍！」

穆秀珍轉頭向安妮苦笑了一下，道：「是我的主意，蘭花姐，你想，你一個人來冒險，我們怎麼放心？而王可麗也十分著急！」

安妮拉著王可麗的手，也走了進來，她低著頭，道：「蘭花姐，是我的主意。」

木蘭花仍然沉著臉，她道：「不管是誰的主意，你們立即走！」

穆秀珍、安妮和王可麗三人，面面相覷。

2 行前準備

王可麗咬著唇，道：「蘭花姐姐，她們或者肯回去，但我是一定不回去，我要去尋找我的哥哥，如果他還在人世的話。」

木蘭花望定了王可麗，道：「你有那樣的決心，早就該自己來了，何必寫信給我？」

王可麗臉上的神色十分堅決，但是她究竟年紀還輕，她的眼中轉動著淚花，她道：「因為我一個人做不到這一點，所以我要人幫助！」

她講了那句話之後，略頓了一頓，立時又道：「可是，我需要的是幫助，並不是要由你來完全代替我去做這件事！」

木蘭花嘆了一聲道：「你們三人自信對沙立河流域的事知道多少？你們可知道我們在東岸走，會有什麼遭遇，在西岸走，又會有什麼遭遇？」

王可麗低著頭，道：「我不知道。」

木蘭花又道：「你們可知道，沿著沙立河向上游走的地形怎樣，可知道第一次遇到的土人是什麼族？可知道如何應付他們？」

穆秀珍道：「我們全不知道。」

「那你們怎麼去？」

「有你帶領著我們啊！」穆秀珍睜大了眼睛。

木蘭花又是好氣又是好笑，她搖著頭，道：「我不能帶你們去冒這個險，我們以前曾冒過很多險，但是都是和文明人對敵，現在我們面對的是言語不通，生性凶悍的土人，可能我們連土人的影子也沒見到，就已經死在毒箭之下了！」

安妮哀求著道：「蘭花姐，我們……我們已經到了班吉——」

「你們回去！要是你們不回去，我就取消這個行動。」木蘭花堅決地回答。

王可麗流下淚來，道：「蘭花姐姐，都是我不好，將這種事來麻煩你們，我……收回我的請求，讓我一個人前去好了。」

木蘭花的心中也極其為難，她自然不會讓王可麗一個人沿著沙立河深入蠻荒，去找她的哥哥，但是，如果是四個人一起去——

木蘭花緊蹙著雙眉，過了半晌，才道：「秀珍，你到非洲來了，四風知道麼？」

「我沒有將詳細的情形告訴他。」

「現在就和他通電話，告訴他！」木蘭花說。

穆秀珍呆了一呆，道：「這……」

木蘭花的聲音變得十分嚴厲，她叫道：「秀珍，你是他的妻子，你在教堂中曾經說過什麼？你怎麼可以瞞著他做這麼危險的事？」

穆秀珍嘆了一口氣，道：「好，好，我和他通電話。」

安妮和王可麗兩人，又向木蘭花望來，木蘭花向她們招了招手，安妮和王可麗連忙向前走去，一邊一個，在沙發旁的扶手上坐了下來。

木蘭花道：「可麗，你不要以為我冷酷無情，事實上，我花了很多時間去瞭解那裡的情形，我得出的結論是，任何人一到那地方，生還的機會就微乎其微，我相信你的哥哥事先一定也明白這一點，而他仍然毅然前往，這種精神實在令人可佩。」

王可麗點頭道：「他是一個有偉大冒險精神的人。」

木蘭花道：「你和安妮，你們兩人到那種危機四伏的地方去，實在是十分不適合的，單是天然的敵人就多得數不清，那裡是食人蠅聚集的地方，森林內滿是吃人樹的籐，還有許多連生物學家也叫不出名來的毒蟲，你們何必去冒險？」

王可麗緩緩地道：「那麼，蘭花姐姐，你何必去冒險？如果你有理由去，我更有理由去了，你說對不？倒是安妮，可以——」

王可麗的話還未曾講完，安妮已大聲叫了起來道：「可麗，你要是再敢說下去，我就用枴杖打穿你的頭！」

王可麗不再說下去，她們三個人靜了下來，穆秀珍的長途電話還未接通，又過了十多分鐘，才聽得穆秀珍說起話來。

穆秀珍說了沒有多久，便大叫了起來，道：「什麼？叫我們等你？不行，你不必來，真的，啊，你一定要來，讓我問問蘭花姐！」

穆秀珍轉過身來，向木蘭花望了一眼。

木蘭花攤了攤手，道：「看你們，到那麼危險的地方去，一個個好像遊戲一樣，好，他要來就來，我們在這裡等他。」

穆秀珍道：「好，你來。」

木蘭花等四人，在班吉等了兩天。

雲四風來了，雲四風不是一個人來的，和他一起來的還有高翔，看到了高翔，所有的人都感到愕然，高翔瀟灑地笑著，道：「我恰好趕到！」

他一面說，一面揚著手中一隻扁平的箱子，道：「而且，我還帶來了極有用的東西，這箱子中是三十ＣＣ毒蛇的血清，是我路經印度時，加爾各答毒蛇研究學院的教授送給我的，他告訴我，這些血清幾乎可以解救任何酸性或鹼性的毒！」

木蘭花大喜道：「那比我準備的藥物有用得多了！」

她望著各人道：「本來我是準備一個人去的，可是現在，變成了六個人，那可以說是一個正式的探險隊伍了！」

穆秀珍高叫道：「探險隊萬歲！」

木蘭花瞪了她一眼，道：「我們明早出發，飛到阿尚博堡去，在那裡，我們再採購必需物品，我們都沒有探險的經驗，可得千萬小心！」

各人都點著頭，他們雖然都自願參加這次探險，可是他們每一個人都知道，那絕不是好玩的事，他們可能就此不回頭，再也回不到文明世界之中！

木蘭花又望了他們片刻，才道：「今天晚上，我們好好輕鬆一下，聽說附近可以看到戰士族土人的舞蹈，去參觀一下如何？」

第一個叫好的，當然是穆秀珍。

當晚，他們玩得十分高興，第二天一早，他們到了機場，登上了一架看來十分殘舊的四引擎的飛機，飛越了三百哩的路程。

下午，他們抵達阿尚博堡。

這個城市，倒並不像他們想像中那樣簡陋，在街上可以看到很多打扮怪異的土人，那自然是近城的叢林之中來的。

他們在酒店中安頓下來之後，木蘭花立時分配工作，高翔、雲四風、穆秀珍和安妮負責去購買物品，而木蘭花和王可麗，則去拜訪那位已死嚮導的兄長。

木蘭花和王可麗要拜訪的人，住在離城相當遠的地方，木蘭花駕著租來的吉普車，找了好久，才來到了一幢磚屋之前。

那磚屋在兩株大樹之中，當她們兩人一下車，抬頭向上看去時，就看到樹上豎著一條花斑滿身的大蟒蛇。

那大蟒蛇看到有人走過，突然自樹上垂下身子來，吐著鮮紅的舌，將老大的蟒頭，向著木蘭花和王可麗疾伸過來。

王可麗嚇得「啊」地一聲，叫了出來。

木蘭花拉著她後退了一步！只聽得磚屋之中，有一個人嘰咕哩嚕說著話，推開門，走了出來，連木蘭花也不懂他在講些什麼。

那人走了出來，發出了一下口哨聲，那條大蟒蛇立時便縮了回去，仍然盤在樹上，顯然是那人養熟了的。

而當那人抬起頭來，看到木蘭花和王可麗兩人時，他也不禁一呆，接著，他向前走來，用發音生硬的法語道：「兩位是——」

中非共和國是非洲法語區的國家之一，那人用法語來交談，自然不是奇事。

木蘭花忙道：「我們想見一見毛得先生。」

「我就是。」那人上下打量著木蘭花和王可麗，堆下笑容來，道：「兩位是遊客？想來參觀一下非洲的珍禽野獸，我完全可以負責嚮導！」

他搓著手，現出十分高興的神色來。

木蘭花笑著，道：「如果你願意做我們的嚮導，那我們極其高興，可是我們卻是要沿著沙立河向上走，深入沙立河的上游。」

毛得臉上的笑容突然僵住了，他的聲音甚至有些發顫，也夾雜著幾分怒意，他道：「小姐，你是在開玩笑？」

「絕不，毛得先生，我們真是要那樣做，但我們絕不會強迫你做嚮導，我們要去找一個人，他在大約二十天以前，由你的弟弟做嚮導，向沙立河的上游去的。」

毛得苦笑了起來，點著頭道：「是的，我記得他，那個不聽勸告的中國人，我勸他不要去，沿著沙立河的兩岸密林，全是獵頭族人的禁地！」

木蘭花鎮定地道：「我知道，而且他們縮製人頭的方法，各族不同，藍紋族的人可以將人頭縮成核桃那樣大小，新布亞族則只能收縮皮膚，剛利族是要將人頭剝皮，塞進一塊石頭，至於畢卡族——」

木蘭花才講到這裡，毛得已尖聲道：「別再說了！」

木蘭花向王可麗招了一招手，道：「這位小姐就是那位先生的妹妹，我們要去尋找她的兄長，請你提供一點線索給我們。」

毛得轉身向屋內走去，木蘭花和王可麗兩人跟在他的身後，一進屋子，便聽到一陣吱吱的叫聲，一隻黑猩猩撲到了毛得的身上。

毛得一定是一個十分愛動物的人，因為在他的屋中，除了那黑猩猩之外，還有一隻羽毛美麗得不可思議的大鸚鵡，而在屋角處，懶洋洋地躺著的，則是一條有七呎長的鱷魚，除此之外，還有一隻小猴子，在屋子之中竄來竄去。

毛得來到了桌前，伸手拿起一隻瓶子，打開瓶塞，一股濃烈的酒香立時瀰漫全屋，他連喝了三口，才抹了抹口，轉過頭來。

木蘭花將一疊鈔票放在桌上，道：「毛得先生，只要你將當時的情形告訴我，這些錢就是你的，你不必帶我們去冒險的。」

毛得指著王可麗，道：「我有打一個電報給她，那是王先生臨走時託我的，王先生說，如果發生了不幸的事，請打電報給她，我照做了，但是我在電報中卻沒有說明，已發現的四個人，連我的弟弟在內，他們剩下的，全是無頭屍體！」

毛得的神情充滿了恐怖，木蘭花也不禁感到了一股寒意。

毛得又喝了一口酒，道：「他們的頭，都被切了下來，或者剝下了皮，或者縮成了胡桃大小！」

木蘭花苦笑著，道：「王先生的屍體沒有發現，不能斷定說他已經死了，你認為他還有多少生存的機會？」

「生存的機會？」毛得突然大聲狂笑了起來。

他的笑聲，令得那隻鸚鵡張開了雙翅，在房間中飛來飛去，發出「嘎嘎」的叫聲，而那群小猴子則吃驚地混成一團。

毛得笑了好一會，才道：「小姐，我告訴你，他一定已經死了，或者因為他不是黑人，所以將他整個人全都煮來吃了！」

木蘭花呆了半晌，毛得揮著手，道：「去吧，回巴黎去，回中國去，別在這裡開自己的玩笑，我是沙金族的人，我們一族，有好幾萬人，全家居在沙立河下游的平原上，世世代代，從我們的老祖宗起，就沒有一個人敢踏進過森林。」

木蘭花吸了一口氣，道：「一個也沒有？」

「只有犯了族規的人，才被逐進森林的，他們不是一去不回，便是他們的無頭屍體，在沙立河的河水中流了回來。」

木蘭花苦笑了一下，道：「那你的弟弟，一定是一個了不起的勇士，他竟敢帶著王先生到沙立河的上游去。」

「他是個白癡，他愛上了城裡的一個美人兒，沒有錢娶她，想用性命去搏一搏，那三個可憐的土人，是殺人的匪犯！」毛得回答說。

木蘭花呆了半晌，才道：「那麼，對於那裡的情形，你是完全不知道的了？」

「沒有人知道。」毛得抓著他鬈曲的頭髮，「根本沒有人進去之後再回來過，早十多年，很多白人進去，一個也沒有回來過。」

木蘭花嘆了一聲，道：「我們還是非去不可，你能為我們做些什麼？」

毛得攤開了雙手，道：「我能為你們做的，只是將你們的屍首從河上撈起來，然後，再打電報，通知你們的家人！」

木蘭花被他講得自心頭生出了一股寒意來。

她又呆了半晌，道：「當日他們的路線，你知道麼？」

「他們是走東岸沿河而上的，我看他們，絕不會走超過五百里，他們遇到的獵頭族，可能是最凶猛的新布亞族的土人。」

「你懂新布亞族的語言麼？」

「只會一句：LE—BIO—BO—LEGO！」毛得講了那一句話。

「什麼意思？」木蘭花問。

「快些下刀！」毛得以手作刀，向頸際作了一下手勢，「那是他們捉住了你，要割你的頭時說的，以免多受痛苦！」

若不是木蘭花自己要沿河而上，深入獵頭族的禁地，她或許會笑出來，但這時，她卻是感到一陣陣生涼，她道：「謝謝你，你仍然可以留下錢。」

毛得難過地道：「你們要看非洲，我可以帶你們到我們本族聚居的地方去，沙金族是最善良好客的，你們能見到許多見所未見的東西！」

木蘭花搖著頭，道：「謝謝你的好意，但是我們是在尋人的，並不是來遊覽的，在我們出發那天，你帶我們到河邊去，可以吧？」

毛得應了一聲，道：「那可以。」

木蘭花和王可麗退了出來。

兩人一出了屋子，王可麗就問道：「他說了些什麼？」

木蘭花道：「等見到了他們再說。」

王可麗沒有再問，她們一起回到了酒店中，天色已經黑了，高翔、穆秀珍、雲四風和安妮陸續回來，要買的東西也差不多買齊了。

木蘭花等到所有的人都回來了之後，她才道：「我們去見了毛得，沿沙立河上去，情況的危險，遠在我們的想像以上！」

木蘭花將她和毛得的對話，詳細說了一遍。

最後，她道：「所以我們的計劃要改變。」

在聽了木蘭花的敘述過之後，每一個人的面色都十分沉重，所以連最心急的穆秀珍也沒有詢問木蘭花，究竟準備如何改變計劃。

木蘭花道：「王可敬生死不明，據毛得說，由於他不是黑人，可能他被吃掉了，但也有可能，因為他不是黑人，而仍然活著。」

木蘭花略頓了一頓，道：「但是他還活著的機會微乎其微，我們去找他，能生還的機會也不會大多少，有人想退出沒有？」

對於木蘭花的這一問題，各人的反應倒來得十分之快，五個人都異口同聲，立即說道：「沒有，」

王可麗望著每一個人，她的神情十分激動。

木蘭花來到了她的身邊，將手放在她的肩頭上，王可麗立時捉住了木蘭花的手，木蘭花道：「既然前途凶猛，我們須要一件特殊的工具。」

「是什麼？」穆秀珍問。

「一輛汽車！」木蘭花回答。

「汽車！」高翔揚起了眉，「蘭花，你不見得希望在叢林之中行駛汽車吧，要汽車有什麼用？」

「那不是普通的汽車，而我們要花費一番工夫來改裝，我們先找一輛性能極好，可以舒服地供四人睡覺，兩個人坐的車子。」

「一輛小型的有蓋貨車就可以了！」雲四風回答。

木蘭花又問道：「四風，你認為一輛那樣的貨車，可以配上多大勁力的引擎？我要使這輛車子的車前有電鋸，車輪上有鏈帶，像坦克車一樣，又要使車子能經得起顛簸，至於速度方面，倒不必太快，你想，我們是不是能做到這一點？」

雲四風皺著眉，想了片刻，然後拿過一疊白紙，用筆迅速地畫著，畫出了一輛木蘭花所說的那種車子來，道：「是這樣？」

木蘭花看了看，道：「大概是。」

雲四風道：「我們可以坐著睡覺，騰出空間來，放置另一副引擎，用兩副引擎來發動，燃料可以加高車身來儲放，我想沒有問題的。」

「那麼，你明天一早就去進行這項工作，」木蘭花說：「照你的估計，大約要幾天？」

「如果有熟練工人配合，七天就可以了。」

木蘭花道：「那麼就只好等七天，車上要噴上金紅色，在車頭，要裝置一具擴音器，車身要加厚，厚得經得起攻擊，在那樣的車中，我們的安全或者可以有保障，對了，車頂要能打開的。」

安妮詫異道：「那有什麼用？」

木蘭花道：「真正必要的時候，可以讓你飛出去。」

高翔突然道：「蘭花，那麼我們為什麼不每一個人都帶上一具個人飛行器？真正沒有辦法時，還可以暫時避上一避。」

木蘭花和穆秀珍道：「真是好主意，安妮，你和五風通電話，叫他準備六具燃料充足、性能優越的個人飛行器，立時托航空公司運到班吉，我們到班吉取貨。」

安妮立時轉身去撥電話，木蘭花道：「可麗，雖然多等一天，就多耽擱一分，但是我們只好等，我想你是可以明白的。」

「我明白，」王可麗的聲音在發顫，「你們太好了！」

在和雲五風通了電話之後，大家都休息了，只有雲四風和木蘭花沒有睡，雲四風在不斷補充著那輛特殊車子的設備。

一直到天亮，雲四風和高翔去和當地的工業界接頭去了，木蘭花稍為睡了一會，直到高翔回到酒店來，說是車子已在開始加工了，雲四風要參加工作，留在工廠中不能回來，木蘭花才又去休息。

接下來的幾天中，他們很少和雲四風見面，他們在毛得的帶領下，遊覽了沙立河的下游平原，沙立河的水十分清，兩岸叢叢密林，倒映在水中，簡直像是仙境一樣，可是沙立河的上游，卻是綿延數百里，好幾族獵頭族人的禁地。

第四天，他們得到通知，他們需要的個人飛行器已運到了，木蘭花帶著安妮飛回班吉，只過了一夜，又飛了回來。

第六天中午，雙眼滿是紅絲的雲四風，駕著一輛奇形怪狀，滿身通紅的怪車子，來到了酒店門口，在那輛車子的後面，跟著一輛警車。

木蘭花、高翔等人，都等在酒店門口，雲四風下了車，警車中兩位警官也下了車，來到各人面前，道：「這輛車是你們的，請解釋它的用途。」

木蘭花道：「我們準備用它沿沙立河而上，去找一個著名的探險家，他現在生死不明。」

那兩個警官吃驚地互望著，道：「你們知道你們會遇到什麼？」

「知道，但我們非去不可。」

那兩個警官道：「可是，警方有權制止你們出發。」

木蘭花回頭向高翔望了一眼，高翔立時道：「當然我很明白當地警方的權限，但我們也有苦衷，我屬於國際警方，這是我的證件。」

高翔將國際警方簽發的高級人員證件遞了過去，那兩個警官便翻看了一看，向高翔行了一個敬禮，將證件還給了高翔。

他們不再說要阻止他們前往，反倒問道：「我們可有什麼能夠幫助各位的地方？我們最樂意為勇敢的人效勞，請不要客氣。」

在那兩位警官黑得發光的臉上，的確充滿了欽佩的神色。木蘭花道：「我們需要一批可以傷人，但不能殺人的武器，最好是發射麻醉針的槍械，射程要遠些。」

「有，那是警方用來驅散野牛群的槍械，它發射的麻醉針，射程一百碼，可以令一頭野牛在中針之後一分鐘之內，昏迷兩小時。」

「那太合用了，請給我們六支麻醉槍。」

「還要什麼？」

「還要——」木蘭花想了一想：「一箱催淚彈，十二枚手榴彈——我們絕不會用來殺人，請你放心，以及一批利刀利斧，我想土人會喜歡這些！」

「小姐！」那兩位警官同時叫了起來，「你竟打算和獵頭族人去攀交情？」

木蘭花道：「希望能和他們攀上交情！」

兩位警官仍然撫著頭，但他們已登上了車，疾駛而去。

在酒店門口，圍著一大批人，新聞記者也趕到了，穆秀珍興高采烈地在接受記者訪問。

木蘭花強迫雲四風進車廂休息，她和高翔將應用的東西，盡量少占地方，放在車廂中或車頂上，他們所帶的燃料，足夠行駛六百哩。

等他們準備得差不多時，警車也趕了回來，將木蘭花所要的東西一一送上，出乎木蘭花意料之外的，還有六隻小小的懸掛在頸上的幸運木偶！

高翔駕著車，那輛怪異的車子便開始出發了。

車子後面跟滿了人，跟在車後的人越來越多，像是巡行一樣，一個歐洲人駕車趕過了他們，道：「你們可是去尋找所羅門王寶藏的？」

坐在高翔身邊的穆秀珍大聲道：「是的，如果你不怕頭被切下來，就和我們一起去。」

那歐洲人一聽，立時縮回了頭，駛走了！

穆秀珍樂得哈哈大笑起來，她回頭看去，車廂是打通的，車廂中放了不少箱子之後，還可以躺上四個人，空間算是不小了。

雲四風在車廂的一邊，他大概實在太疲倦，是以已經睡著了。車廂上配有不碎玻璃的窗子，窗外還有一重鐵網保護著，車廂中有空氣調節設備，令得他們精神舒暢，那可以說是有史以來，設備最完善的一次沙立河上游的探險了。

車子離開了市區，跟在車後的人仍然不少，到了河邊，還有幾十個黑人兒童跟在車後，但是當車子漸漸沿河向前駛去之際，車後的人就越來越少了。

終於，只有他們一輛車子在行駛了。

車子行駛在滿是鵝卵石的平坦的沙灘上，在河上，還偶然可以看到土人撐著獨木舟或木排，但是當紅日漸漸西沉之際，河面上只是一片寂靜。

他們已看不到任何人，只看到成群的，雪白的水鷗，在水面上飛揚，雪白的羽毛襯著清綠的河水和艷麗的晚霞，形成一幅美麗的圖畫。

車子前進的速度不十分快，大約每小時十哩，等到天色漸漸黑下來時，平坦的沙灘也已到了盡頭，向後望去，只是黑漆漆的密林。

在平坦沙灘的盡頭，豎著巨大的告示牌，用好幾種文字寫著警告的語句，警告企圖再向前去的人，有極度的生命危險！

高翔轉過頭來，道：「繼續行車？」

木蘭花道：「是的。」

高翔踏下油門，車子震動著，發出巨大的吼聲，將河邊的一大群水鳥驚得一起飛了起來，車子衝上了沙灘，駛進了密林中。

3 獵頭禁地

高翔著亮了猛烈的車頭燈，車頭燈發出兩股光芒，射向前去。

燈光所及的範圍之內，又看到一條又一條的蟒蛇，自樹上倒掛了下來。

高翔小心地駕駛著車子，在巨大的樹木隙縫中前去，受了驚的猴子跳來跳去，成群隊結在車子之後竄了過去。

車子行進了約八九哩，突然車頭燈照到了一大堆閃閃發著青光的東西，而當車頭燈照到那堆東西之際，那堆東西突然散了開來！

穆秀珍一看到那堆發著青色光芒的東西，以如此高的速度散了開來，她不禁發出了一聲驚呼，道：「天，那是什麼東西！」

當那堆青色光芒散開之後，他們看到了一副白森森的獸骨，那獸骨上還有不少殘餘的肉，顯然是才死不久的什麼野獸。

而那堆青色的光芒散了開來之後，有不少青色的光點，撞向車前的玻璃，發出「撲撲」的聲響，像是落了一陣冰雹一樣！

那時候，他們都可以看清楚了，落在玻璃上的，是一種全身金綠色，約有一吋長的巨蠅，閃耀著青色光芒的，則是牠們的複眼！

在車前的玻璃上，足足聚集了一百多隻那樣的巨蠅，牠們飛著，在玻璃上撞著，當真是醜惡之極，使人忍不住有噁心之感！

穆秀珍又叫了起來，道：「那是什麼東西？」

「那是食肉蠅，秀珍，非洲的食肉蠅和南美洲的食人魚同樣有名，但是卻也更可怕。」木蘭花鎮定地說：「碰上成群的食肉蠅，任何生物都難以倖免！」

安妮在車後道：「那麼，這些食肉蠅如果不走，我們豈不是不能出車子了？」

木蘭花道：「那倒不必擔心，高翔，熄去了車燈。」

高翔伸手按下了一個掣，眼前突然黑了下來。

在黑暗之中，仍然可以看到食肉蠅複眼所發出的那種青色的閃光，聚集在車前玻璃上的食肉蠅沒有了強光的刺激，紛紛飛了開去。

車子在黑暗之中，行進了幾十碼，便又著亮了燈。

王可麗在食肉蠅出現的時候，便一直緊張地屏住了氣息，直到此際，她才緩緩地鬆了一口氣，道：「我哥哥若是遇到了這些毒蠅——」

木蘭花回過頭來，安慰她道：「那倒不會的，你哥哥是一個著名的探險家，他自然有預防的方法，據我所知，用一種植物的油脂塗在皮膚上，由於那種油脂有強烈的揮發氣味，所以食肉蠅是不敢接近的，你哥哥他們遇到的危險，顯然不是食肉蠅。」

車子繼續向前行駛著，越向前去，車身越是顛簸，根本沒有路，車子只是在高低不平的泥濘中行進，好在木蘭花早料到了這一點，車輪上是有履帶的，是以行進還沒有多大的困難。

木蘭花竭力勸各人休息，可是在那樣的環境中，誰能闔上眼睡覺？

雖然他們在車子中，是不會有什麼危險的，但是向外看出去，情形卻太恐怖了，他們像是已經根本脫離了地球，而在另一個星球上。

一根一根，至少直徑有兩呎的大樹，一眼望去，望不到盡頭，洋溢著一片死亡的氣味，在樹上，盤纏著各種各樣的籐。

那些籐的形狀是匪夷所思的，有的開著碗口一樣大小的花朵，也有的是在活動的，林中根本沒有風，但是手臂粗細的籐卻在扭曲著，活動著。

當車頭燈的光芒照亮了那些籐之際，那些籐的活動更是迅速，像是有無數條巨大的章魚，正附在樹上，用它們的觸角，在尋找食物一樣。

突然之間，「啪啪」兩聲響，兩條手臂粗細的籐自樹上垂了下來，敲擊在汽車的頭部，它們立時醜惡地扭曲了起來。

每個人都可以看得到，在那些籐上，長滿了密密的倒鉤，看來，那些籐是想將汽車纏住，但是籐上的鉤自然鉤不住鋼鐵，是以它又滑了下去。

木蘭花忙道：「快增加速度，若是讓它們鉤住了車輪，那就麻煩了。」

高翔踏下了油門，車子震動著，發出巨大的聲響，向前疾衝了過去。

可是車子只衝出了十來碼，突然，在地上似乎有一股巨大的力量，將車的後輪托了起來，車子一個傾斜，高翔連忙控制著車子，又衝向前去，但是也只衝出了兩三碼。

就在這時，車身四周傳來了一陣「啪啪」的聲響，他們都看到，四面八方都有一種暗褐色的東西，向車子包了上來。

總共不過是半分鐘的時間，整輛車子已被包住！

在空隙中，他們還可以看到，有一種稠黏的液汁，自那種暗褐色的東西上迅速地分泌出來，向下流來，而那暗褐色的東西，看來是一種植物的巨大的葉。

王可麗不由自主哭了起來。

王可麗並不是一個軟弱的少女，但是她卻一直生長在城市之中，她的生活很正常，也很平淡，從來沒有什麼驚人的遭遇。

而她此時的哭，也不是完全為了害怕，而是她在突然之間，到了一個她以前做夢也想不到的環境之中，受了種種新奇和可怖的刺激，使得她自然而然有了一種發洩感情的需要。

雲四風這時也坐起了身子來，他揉著眼，道：「我們遇到了什麼？」

高翔回答道：「是一株巨大的食人草，你看，它正分泌出腐蝕性的液汁，想將我們消化，當作它的營養哩！」

穆秀珍急道：「虧你還說得那麼輕鬆！」

高翔道：「自然輕鬆，因為我們完全有辦法對付它！」

高翔說著，轉過頭去，向雲四風望了一眼，雲四風立時明白了他的意思，道：「扳下那藍色的槓桿，電鋸就開始工作了。」

高翔用力扳下雲四風所說的那槓桿，他們雖然在車內，但是也可以聽到一陣刺耳的嘶嘶聲，坐在車頭的高翔和穆秀珍，更可以看到直徑足有三呎，閃亮的鋸片旋轉著伸了出來，鋒利的鋸齒切進了肥厚的食人草的巨葉之中。

鋸齒一切進去，一種奶白色的液汁，便像泉水一樣湧了出來，前後只不過幾秒鐘，一片肥大的葉子已被切了下來。

高翔踏下油門，車子震動著，已經輾過了那片葉子，駛了出去，木蘭花忙道：「高翔，著亮車尾的照射燈，讓我們看看這株食人草。」

高翔停下了車，按下了掣，車尾處兩盞照射燈立時發出了強烈的光芒，他們一起回過頭，從車後的窗子向外望去。

他們看到，一片肥大的葉子已被履帶輾碎了，而那株食人草，一共有八片葉子，每一片葉子足有六呎長，三呎寬！

其餘的七片葉子，仍然緊緊地包在一起，在近地面的中心部分，有一個半圓形的隆起，上面有很多花蕾也似突起的東西。

安妮吸了一口氣，道：「太可怕了！」

王可麗抹著淚，問道：「蘭花姐姐，它是植物，還是動物？」

「當然是植物！」

「可是，它卻會動！會捕捉著野獸！」王可麗說。

「那也是植物，決定生物是植物還是動物，只看它的整個生活方式，並不是看它動還是不動，動物之中，有一種軟體動物，叫作鑿穴蛤，牠在岩石上鑽了一個洞，藏了進去之後，幾乎終生不再動，但牠還是動物，這種食人草，其實我們不應該陌生，可麗，你應該在學校的實驗室中見過捕蠅草的。」

王可麗點頭道：「是的，又叫豬籠草。」

木蘭花微笑著，道：「那是同一類的植物，它們葉子的表面，有一層十分細的青毛，一有了刺激，這種青毛就立即收縮，將植物中的水分迅速下降到根部，於是它們的葉子便捲了起來，更普通的例子是含羞草，那是誰都見過的了！」

連高翔和雲四風都不住地點著頭，對木蘭花有著如此豐富的常識表示欽佩，木蘭花道：「好，我們該繼續前進了。」

穆秀珍不由自主地叫道：「刺激，刺激！」

高翔一面熄了燈，發動車子，一面笑道：「秀珍，到現在為止，我們只不過行進了三十哩，遇到的只是昆蟲和植物，以後有得刺激哩！」

穆秀珍瞪著眼，道：「還有什麼更刺激的？」

高翔道：「自然有，獵頭族！」

穆秀珍道：「怕什麼，我們躲在車子中，獵頭族的原始武器能夠傷害得了我們？而且，我們還帶有足夠的武器！」

高翔笑著道：「秀珍，聽你那樣說，我們進原始森林來，好像只是為了逛一逛，你忘了，我們是來做什麼的了麼？」

「當然記得，是來找人的。」

「那就是了，你能不和他們打交道麼？我們一定要走出車去，去問他們，有沒有見到王可敬，秀珍，你想想吧，面對成群的獵頭族人！」

穆秀珍雖然生成一副對什麼都不服氣的脾氣，可是她卻也無話可說了，她伸了伸舌頭，承認道：「真的，那更刺激了！」

穆秀珍向木蘭花望去，木蘭花已在木箱上躺了下來，閉上了眼睛，穆秀珍道：「來，讓我來駕車，你也該休息一下了。」

高翔抹了抹手上的汗，和穆秀珍調換了一個座位。

車子繼續在向前駛著，高翔也閉上了眼睛，雲四風重新又睡著了，他們都知道，一切全只不過是開始，再向前去會遇到些什麼，全然難以想像！

也有可能，他們除了這時有睡覺的機會之外，再也沒有休息的機會，是以他們一定要盡一切可能，來保持他們的體力。

但是，安妮和王可麗卻實在無法入睡。她們兩人，手握著手，她們年紀小，在那樣刺激、新奇、可怖的環境中，實在是沒有法子可以睡得著的。

她們目不轉睛地注視著窗外，窗外黑沉沉地，放眼望去，全是怪異的樹木，見所未見的植物，像是在一個魔鬼的境域之中。

不時，可以看到大群的猴子或是飛禽吃驚地掠過。

有好幾次，她們還看到兩團發光的東西迅速地掠過樹木之間，消失在黑暗之中，那自然是森林中最可怕的動物之一：豹！

車子在不斷向前駛著，穆秀珍本來是最愛講話的，但是在那樣的環境之中行車，她也不得不全神貫注，沒有閒暇講話了。

車中一片靜寂，只有車子引擎發出的聲音。

疲倦終於自然而然來襲，連安妮和王可麗，也不知道是在什麼時候闔上眼睛的，當她們闔上眼睛時，她們便已入睡了！

穆秀珍在她們睡著之後，回過頭去，望了她們一眼，又專心去駕駛，她的心中在想，他們，可以說是目前世界上，在做著最怪的怪事的一群人了！

這裡是從來也沒有外人到過的地方，但是他們卻駕了一輛那樣怪異的車子，闖了進來，他們會有什麼樣的結果，全然不知道。

車子繼續行駛著，當安妮和王可麗因為車身重大的震盪而醒過來時，天已亮了，她們立時坐起了身子來。

車子已經穿出了密林，停在一個很大的河灘之前。

太陽才升起，天際一片朝霞，河面十分闊，河水被朝陽映得泛起了一片奪目的金光，自然景色的雄麗，實在是難以形容。

可是，河灘上的情形，卻令人不寒而慄！

那河灘約有兩百碼闊，過了河灘，對面又是密林，這時，車中每一個人都醒了，由雲四風駕著車，安妮和王可麗還是最後醒的。

他們看到，在整個河灘上，有著上千條鱷魚！

那些鱷魚，巨大得令人難以相信，最小的也有十呎長，大的竟在二十呎以上，牠們躺在河灘上不動，只是轉動著牠們凸出的眼珠。

木蘭花皺著眉，道：「看看可能繞道過去！」

雲四風搖著頭，河灘的一邊是滔滔的河水，另一邊也是密林，要轉到那邊的密林去，還要經過一灣河水，顯然是辦不到的了。

穆秀珍道：「我們的車子可以輾過去的！」

木蘭花道：「那要輾死許多鱷魚，但也只好那樣了！」

雲四風點了點頭，猛地踩下了油門，車身震動著，向前壓了過去，他們難以看到車子履帶下的情形，但是卻看到，車子才前進了幾碼，河灘上躺著的鱷魚都動了起來。

動物一定有一個奇妙的方法，可以互通消息，上千條鱷魚，幾乎是同時行動的，牠們爭先恐後搖著粗大的尾巴，向河中竄去。

河水之中，濺起了一陣又一陣的浪花，前後不到三分鐘，河灘上除了留下了許多鱷魚蛋之外，一條鱷魚也沒有了！

車子加快速度駛過了那河灘，在快要駛進河灘對面的密林時，木蘭花道：「從現在起，我們要加倍小心了，據我的估計，獵頭族人隨時可能出現！」

各人臉上的神情都十分嚴肅，因為每個人都知道，那絕不是兒戲的事！他們闖進了自有人類歷史以來，沒有外人闖進過的獵頭族人的禁地，他們也必然受到大規模的包圍和攻擊！

雲四風在駕駛位上欠了欠身，就在這時，自對面的密林之中，突然衝出了一個身軀龐大的東西來，那東西的來勢非常快，各人只來得及看到那是一頭犀牛時，只聽得「砰」地一聲響，犀牛已然撞中了車頭。

車身陡地一震，整輛車子都向後退出了幾呎遠！那犀牛也向後退了幾碼，然後，低著頭，又撞了過來！

雲四風也就在那一剎間，拉下了那藍色的槓桿，電鋸的鋸片，在那頭犀牛再度向前撞來之際，旋轉著，向前伸了出去！

那犀牛仍是不顧一切地向前撞了過來，牠正撞在鋸片之上，有著鋒利鋸齒的鋸片立時陷進了牠的頭部，自犀牛頭部濺出來的鮮血，像是噴泉一樣噴射出來！

雲四風忙控制著車子後退。

道：「我們繼續持槍戒備，但是窗子要盡可能關上。」

各人都將槍口移向上，從窗子最上的鐵絲網格子中伸出槍口去，窗子玻璃又向上升起，只留下一道半吋來寬的隙縫。

木蘭花又沉聲道：「駛進林子去！」

雲四風踏下油門，車子又發出隆隆的聲響向前駛去，不多久，便已經來到了密林之前，高翔將一箱手榴彈拉到了身邊。

他們全然不知道，隱蔽在林中的獵頭族人，會用什麼方法來攻擊他們的車子，剛才的情形如此危險，不能不使他們加倍小心！

車子慢慢地駛進了林子，幾乎是才越過了第一株樹木，他們就聽到了一陣急驟的，驚心動魄的「蓬蓬」皮鼓聲！

那種鼓聲，似乎是從密林子的四面八方響起來的，由此也可知，密林中不知隱伏了多少獵頭族人！但是，木蘭花等人卻一個也看不到他們。

雲四風將車子的速度放慢，皮鼓聲仍然在不斷地響著，突然之間，皮鼓聲靜了下來，在那一剎間所發生的事，實是令人目瞪口呆！

在鼓聲突然停止之後，只不過幾秒鐘的時間，在每一株樹上，都有人現身出來，至少有一千人之多！

那是全身黑得像焦炭一樣的土人，他們並不高大，但是每一個人都強壯得像一頭黑豹，他們的身上，幾乎是全裸的，只是用樹皮掩著下體。

他們之間，有男有女，女的有著豐碩的雙乳，他們每一個人的手中，都有著一支短矛，而當他們才一現身之後，短矛便如同飛蝗一樣，向車子襲擊了過來。

短矛射在車上，發出「啪啪」的聲音反彈了開去，木蘭花他們完全不必害怕這種短矛會對他們的車子造成任何傷害，因為短矛的一端雖然尖利，但是整根短矛全是用木頭削成的，看來那是一種堅硬的樹木，然而再硬的木，也難以損及鋼鐵的車身。

上千個土人呼叫著，跳躍著，短矛仍不斷像雨一樣地飛來，穆秀珍叫道：「蘭花姐，我們應該還手了！」

木蘭花忙道：「不，我們要表示友好！」

穆秀珍不禁苦笑著，道：「對他們怎麼表示友好？」

木蘭花也不禁苦笑了一下，但是她還是很有信心地道：「至少他們有足夠的智力，懂得驅使野獸來做先鋒，而且，他們也不敢接近我們！」

那些土人真的不敢接近車子，他們手上的短矛完全拋盡了之後，就圍成了一個極大的圈子，發出震耳欲聾的叫嚷聲來。

「不，我射他騎的大象！」

那披著紅羽毛的土人這時略停了一停，但停了並沒有多久，又揚著手怪叫了起來，也就在這時，木蘭花已連連扳動了三下槍機。

三支麻醉針射了出去，射去象腿上。

並沒有人發現象已中了針，因為麻醉針發出的聲響十分之輕，那土人仍在叫嚷著，突然之間，他騎的大象前腿一屈，跪了下來。

緊接著，象身一側，那披著紅羽毛的人也從象身上直跌了下來，本來是靜寂無聲的土人，在那一剎間，突然發出了一下驚叫聲！

他們是不約而同一起發出那下驚呼聲來的，千餘人一起的叫聲，聲音之驚人，實在是難以形容，真是震耳欲聾。

然而，他們只是叫了一下，立時又靜了下來。

那披著紅羽毛的人跌在地上之後，立時爬了起來，可是當他站直身子之後，他卻在不住地發著抖，來到了那披著豹皮的人之前。

木蘭花沉聲道：「那披著紅羽毛的人，我想是畢卡族的大巫師，他剛才一定是在作法，要降禍於我們，現在，他自然認為是法術失靈，要向酋長認罪了！」

安妮問道：「他會怎樣？」

木蘭花搖了搖頭，道：「不知道，我只是猜想而已。」

被木蘭花認為是大巫師的那人，來到了披豹皮的人之前，突然揚了雙手，用力將雙手拍向地面，伏在地上，口中仍在不斷發著怪聲。

過了一會，他才站了起來，轉過身，一步一步向車子走了過來，穆秀珍急忙問道：「這傢伙，他想來做什麼？」

木蘭花道：「不知道，我們完全在一個陌生的地方，全然無法知道他要做什麼，或許是在法術失靈之後，他要表示他的勇敢。」

「那我怎麼對付他們？」

木蘭花望著那土人，他一步一步向前走來，已來到了離車頭極近的地方，木蘭花欠了欠身子，突然按下了車頭燈的掣。

車頭燈亮了起來，那大巫師發出一下驚叫，向後跳了開去，他的行動十分敏捷，向後一跳，足足跳出了兩碼遠！

他雙手掩著眼，忽然高舉雙手，大聲叫著，身子又伏在地上，那時候，怪異的事又發生了，他身子才一伏了下來，所有的土人也跟著一起伏了下來。

那披著豹皮的土人，略呆了一呆，也伏在象背之上。

而且，自每一個土人口中都發出了一種怪異的聲音來，他們還不斷搖擺著身子，穆秀珍看得又是吃驚，又是好笑。

安妮道：「他們好像將我們當作神在膜拜！」

木蘭花皺著眉，道：「對，我猜也是那樣。」

那大巫師首先站了起來，手足舞動著，向前走去。

他一走，土人便立時跟在他的身後。

別看那些土人過著原始的生活，可是他們卻排列成了整齊的隊伍，一共五列，跟在那大巫師之後，一起向林中走了進去。

幾隊土人走進了林子中，那戴著黑豹皮的土人仍然不動，卻高舉著雙手，向著木蘭花他們的車子，也不知道他是什麼用意。

接著，只見他策著大象慢慢向前走來，一直來到了車子之前，又在象身上伏了下來，連伏了幾次，口中喃喃有詞。

木蘭花皺著眉，道：「不論他在表示什麼，只要他一走，我們便跟上去！」

雲四風點了點頭，已發動了引擎。

4 權力象徵

當汽車引擎發出「啪啪」聲的時候，那土人像是嚇了一跳，連忙策著象，向林深處走去，雲四風駕著車子，緩緩地跟在後面。

那土人雖然在前面走，可是他卻頻頻回過頭來，當他看到木蘭花的車子跟在後面之際，他現出十分高興的神色來。

而且，他每一次回頭之後，必然高叫一聲，每次叫的，都是同一個字眼，自然，木蘭花等人都無法知道他在叫著什麼。

當他們駛出約有半里之後，密林之中，突然現出了一大幅空地，那空地就在河邊不遠處，搭著許多樣子十分奇特的圓形草屋。

在草屋之前的空地上，只見那千餘土人，個個伏在地上，隨著鼓聲，身子在一起一伏，而且他們的口中發出一種十分莊嚴的聲音來。

木蘭花道：「看來是沒有疑問了，他們將我們當成了神，我想，就算我們走出車外去，他們也是不會傷害我們的了。」

高翔忙道：「還是再看一會的好！」

只見那披著豹皮的土人到了眾人之前，立時有四個身子特別粗壯的土人，抬著一張用籐編成的椅子，向他走了過來。

那土人毫無疑問，一定是酋長了。

他從象背上跨了下來之後，便坐在那張椅子上，由四個土人將之抬到了一個土墩之上，停了下來，又有二三十個披著羽毛編成的長條的女人，跳著舞，隨著急驟的鼓聲奔了出來，圍著車子跳起舞來，跳的舞十分熱烈，動作繁多。

木蘭花道：「安妮，將個人飛行器遞給我。」

高翔擔心地道：「讓我先出去和他們接頭。」

木蘭花略想了一想，道：「我和你一起出去，我們被認作是神，自然該表現一點力量，我們在半空之中，每人向空地拋擲一枚手榴彈，來表示我們的力量。」

高翔道：「我還要帶多兩枚手榴彈，以防萬一。」

木蘭花道：「好的，不過千萬不能胡亂傷害他們，他們雖然落後，但是和我們一樣是人類。」

高翔又向外望了一眼，道：「當然我不會胡來的。」

他們兩人將個人飛行器紮好，各自佩了幾枚手榴彈，木蘭花又道：「可麗，將你哥哥的放大照片給我，如果他到過這裡，他們一定記得的。」

王可麗忙打開了一隻手提箱，取出了一張照片來。

照片上是一個神氣堅毅的年輕人，木蘭花將照片插進了飛行器的皮帶中，道：「我們出去之後，立時將車頂再關上。」

穆秀珍道：「這……不太好吧。」

木蘭花沉聲道：「照我的話去做，如果我和高翔可以獲得友好的招待，那麼大家都可以出來鬆動鬆動，如果有危險的話，我們隨時可以飛向空中的！」

穆秀珍沒有再說什麼，雲四風扳下了一個槓桿，車頂發出「軋軋」的聲響，已然緩緩揭了開來。當車頂揭開之際，所有的聲響都停了下來。

一千多土人，每一個人都望著那輛車子。

木蘭花和高翔爬出了車頂，當他們站在車頂的邊緣上，面對著那一千多個獵頭畢卡族的土人之際，他們的心中，也不禁十分緊張。

高翔和木蘭花不知曾經歷過多少凶險，但是他們的敵人一直都是文明人，面對著野蠻的獵頭族人，還是第一次！

他們兩人互望了一眼，同時拉下了飛行器的發動掣，飛行器的發射器，發出一陣「嗤嗤」的聲響，他們兩人一起向上飛了起來。

當他們搖搖擺擺，向上升起之際，只聽得所有的土人，連酋長在內，都大聲高叫著，站了起來，那一陣呼叫聲，實在是驚天動地！

而且，木蘭花和高翔也絕不知道他們在突然之間出聲呼叫，是什麼意思，是以心中嚇了一跳。這時，他們已飛起有二十呎高了！

就在土人的高叫聲中，他們兩人一齊咬開了手榴彈的引線，在半空之中，將手榴彈用力向河邊上疾拋了出去！

兩枚手榴彈同時落在河邊上，同時爆發，「轟轟」兩聲巨響，煙霧夾著火光，一起騰空而起，河灘上的石塊和泥土，濺起老高。

就在手榴彈爆發的那一剎間，土人的喊叫聲停止了。

他們呆望著手榴彈爆發的地點，煙霧迅速地散去，在河邊上，留下了兩個極大的土坑，土人在突然之間，一齊又伏了下來。

木蘭花和高翔在半空之中，看到所有的人全伏了下來，包括那披著豹皮的酋長在內，四周圍靜得一點聲音也沒有。

木蘭花又和高翔互望了一眼，兩人按著飛行器的控制掣，慢慢地落了下來，當他們落地之後，千餘土人仍然伏著一動也不動。

木蘭花和高翔並肩向酋長走去，高翔的手心緊張得在冒汗，因為他們的四周圍，有一千多個最凶悍的獵頭族人！

這一千多人，如果忽然之間發起狂來，一湧而上的話，他就算立即拋出手榴彈，只怕也難以應付，因為他們正在土人之中，毫無掩蔽。

他們一步一步向前走著，不一會，便來到了土墩之前。

那酋長仍然伏在土墩上，但是卻抬起頭來，向他們兩人望來。

高翔低聲道：「蘭花，我們如何表示友善？」

木蘭花也十分為難，她也知道這一族，是四個獵頭族人中的畢卡族，可是，她卻完全不知道他們的語言，無從表示她的意見。

她略想了一想，低聲道：「你跟我做。」

高翔點了點頭，木蘭花高舉起雙手來，高翔也高舉起雙手來。人類表示友善，有一個共通的辦法，那便是先向對方展示自己的手中並沒有武器。

木蘭花就是用這個方法來表示自己的善意的。而她的這個辦法，看來十分有用。

伏在地上的酋長，當抬頭向他們看來的時候，面上本來是充滿了疑懼神色的，可是一看到木蘭花和高翔高舉起雙手來，他立時滿面笑容。

他身子一縱，便站了起來，也舉起了雙手，所有的土人雖然仍伏在地上，但也齊聲歡呼了起來。

木蘭花看到了這樣的情形，鬆了一口氣，和高翔兩人一起走上了土墩，酋長突然解了他身上披的黑豹皮，雙手遞向高翔。

高翔不禁覺得十分為難，他不瞭解酋長那樣做是什麼意思，不知是接好，還是不接好，但高翔究竟是應變十分靈敏的人。他伸手接過了那幅黑豹皮來，可是他卻立時又踏前兩步，仍然將黑豹皮披在酋長的身上。

高翔的心中想，只有酋長一個人披著黑豹皮，那豹皮一定是權力的象徵。酋長此舉，可能是將統治全族的權力交給自己，如果自己再將黑豹皮還給他，他一定十分高興的。

可是，高翔在那樣做的時候，全是憑他自己的猜想，那樣做了，會有什麼樣的結果，他卻是不知道的。

當他將黑豹皮披上了酋長的身子，他又後退了一步之際，他知道自己做對了！因為他聽到了一片歡呼聲，每一個土人都跳了起來，臉上充滿了喜悅，他們跳著，叫著，那酋長雙手向高翔伸來，但看他的樣子，像是不敢來碰高翔。

高翔為了表示進一步的友善，先握住了他的手臂，酋長笑得咧大了嘴，湊過頭來，將他的鼻子用力在高翔的鼻上擦了兩下。高翔也用自己的鼻子和他擦了兩下。

酋長退了開去，高舉著手，大聲講了幾句話，立時又有八個壯漢，抬著另外兩張籐椅出來，放在酋長的座椅的兩旁。

一直到這時，木蘭花和高翔才完全放心了！

而穆秀珍在車內也看出沒有問題了，她大聲叫道：「蘭花姐，我們可以出來了麼？」

木蘭花道：「可以，但是你們最好也用個人飛行器飛出來，直接降落在我們所在的土墩上，別讓土人有機會接近你們！」

「知道了——」穆秀珍大聲答應著。

接著，穆秀珍、雲四風、安妮和王可麗四個人，相繼從車中飛了出來，他們在空中控制著飛行器，一直降落在土墩上。

個人飛行器在文明社會而言，也還算是比較罕見的東西，更不要說在這個原始的村落中了，他們在空中飛行的時候，所有人都抬頭望著他們。

木蘭花等他們四人都降落了之後，才轉身向那酋長，取出了那張相片，她無法向那酋長詢問可曾看到過這個人，只好指著相片，要酋長看清楚相片中的那個人。

而最奇怪的事，就在那時發生了，只見那酋長一看到相片，便現出十分驚疑的神情來，伸手在相片上撫摸了一下，又立時縮回手來。

接著，竟自他的口中吐出了三個字來，道：「王——可——敬！」

木蘭花等人都呆住了，那酋長的口中竟能叫出王可敬的名字來，那實在是不可思議的事，但是他們也立即明白了一點：王可敬到過這裡！

酋長指著照片，又重複念著「王可敬」的名字，然後指著自己，說了一句話，又指著照片，再說了一聲「王可敬」。

木蘭花又進一步明白，王可敬不但曾到過這裡，而且還和畢卡族人處得相當好，至少他已向酋長介紹了他自己的名字。

木蘭花點著頭，也指著那張照片，說道：「王可敬！」

接著，她拉過了穆秀珍來，和穆秀珍摩了摩鼻子，她是在試圖向酋長表示，自己是王可敬的朋友，那酋長用心地看著。

然後，木蘭花又指著照片，道：「王可敬！」她又做著尋找什麼的姿勢，酋長笑了起來，看樣子，他已經明白了，他頓著足。

木蘭花不知道他頓足是什麼意思，只好莫名其妙地朝著他，酋長一面頓著足，一面道：「剛利，剛利！」

王可麗一直緊握著拳，這時，她實在忍不住了，問道：「蘭花姐姐，你可知道，他是在說什麼？」

那酋長指著河水的上游，一面仍然在道：「剛利！」

木蘭花的眉心打著結，但是她卻點著頭，道：「我想我明白了，他是說，你哥哥已離開他這裡，到剛利族人那裡去了！」

木蘭花揚著相片，也指向河的上游，道：「剛利？」

酋長連連點頭，道：「剛利。」

木蘭花嘆了一聲，道：「看來我們尋找的路線不錯，王可敬是循這條路去的，他不知道用什麼方法，使得畢卡族人對他表示了友善，他繼續向前去了！」

那酋長又轉頭高叫了幾聲，一個女人忙提著一樣東西，奔了過來，那東西用草編成的蓆子包著，體積十分之小，酋長接了過來，解開了草蓆。

木蘭花等人立時看到，那是一隻一種十分耐用的打火機，酋長得意地用手一按，「得」地一聲，便打著了火，他又說了一句話。

在那句話中，也有「王可敬」的名字。

木蘭花可以明白酋長的意思是在說，這打火機，就是王可敬送給他的。木蘭花轉頭道：「我們要繼續行程了！高翔，送一樣禮物給他。」

高翔取出了一柄十分鋒利的小刀來，轉身在一張籐編成的椅子上削了下去，一削就削斷了好幾根，那酋長的臉上現出羨慕的神色來。

高翔將小刀套進了皮套子，遞給酋長。

酋長接過了小刀，連連和高翔摩著鼻子，他又轉過頭去大聲叫著，只見幾個女人自屋中捧出了許多東西來，全用一種木盤裝著。

在木盤中，大多數是奇形怪狀，前所未見的水果，還有一大盤，是花生也似黑色的東西，那盤東西散發著一陣香味，令人食指大動。

酋長伸手抓起了一把那黑色的東西，往口中便送，吃得津津有味，穆秀珍也順手拿起了一粒。

高翔忙道：「秀珍，你知道那是什麼，胡亂吃得的麼？」

穆秀珍道：「他能吃，我為什麼不能吃？」她一面說，一面便將那東西放進了口中，咀嚼著，一面立時又拿起了第二粒來，道：「嗯，好香，我從來未曾吃過那麼美味的東西。」

木蘭花也拈起了一粒來，細細看著。

在木蘭花打量著那種東西之際，穆秀珍已經連吃了四五粒，木蘭花才笑道：「那的確是很珍貴的食品，在文明都市中，只怕是吃不到的。」

安妮忙問道：「蘭花姐，那是什麼？」

「一種炒焦了的大螞蟻！」木蘭花回答。

穆秀珍陡地一呆，隨即大叫了起來，道：「螞蟻！」

木蘭花將拈起的那粒放進了口中，道：「是的，你不必害怕，那東西的確美味，來，為了禮貌起見，我們每人都吃一些。」

安妮和王可麗一起叫了起來。

木蘭花道：「錯過了那樣的美味，是你們自己的損失，非洲土人什麼都吃，他們不拿蜘蛛和四腳蛇出來，算是好運氣哩！」

穆秀珍剛才還將那種大螞蟻吃得津津有味，可是當她明白了這是什麼之後，卻說什麼也不肯吃了，而且一直哭喪著臉。

木蘭花向自己等人指了指，又向河的上游一指，道：「剛利！」

那酋長登時變得十分失望，他高舉雙手大叫著，千餘土人突然向著土墩嚷叫著，奔了過來，圍住了土墩，發出驚人的呼叫聲來。

雲四風吃驚道：「他們做什麼？」

「他們自然是不讓我們走，這是他們好客的表示，但是我們還是不要領受他們盛情的好，若是他們真不想我們走時，會將我們的頭割下來，保存起來，作為紀念的！」

「那我們現在怎麼辦？」王可麗駭然問。

「不要緊，我們動作一致，飛向半空，回到車中去，我們要得的消息已經得到了，一回到車中，我們就可以離去了，一、二、三！」

木蘭花的那個「三」字才出口，每人都按下了飛行掣，他們的身子立時搖搖晃晃飛了起來，在不到一分鐘之內，便回到了車中。

當他們回到了車中之後，只聽得酋長高叫著，土人又轉過身，向車子圍了過來，一千多土人將車子密密層層地圍住！

車子有著各種奇異的設備，但卻沒有法子飛起來！車子既然不能起飛，自然也無法突圍出去！

高翔苦笑道：「這真麻煩了，哪有這樣留客人的？」

穆秀珍仍然苦著臉，道：「我才麻煩哩，吃了五六隻大螞蟻，螞蟻好像在我的胃中爬行一樣，真倒霉！」

雖然眼前的形勢十分麻煩，但是每一個人還是忍不住被穆秀珍的話逗得笑了起來，木蘭花斥道：「別胡說了！」

穆秀珍還一本正經地道：「真的！」

雲四風和高翔忍不住哈哈大笑了起來。

木蘭花道：「著亮車頭燈！」

高翔按下了燈掣，兩道強光射出，在車前的那些土人，嚷叫著向後退了開去，高翔忙發動了車子，向前緩緩駛了出去。

車子向前駛出，土人向後退去。

不多久，車子便快速駛過了那空地，只見酋長大喝一聲，張開雙臂，跳到了車前，攔住車子，不讓車子再向前駛。

強烈的燈光照在他的身上，可是他卻在表現著他的勇氣，並不後退。

木蘭花忙道：「別停車！」

高翔咬著牙，車子仍在向前駛出，離得酋長漸漸近了，六呎，五呎，四呎……一直逼近在酋長的身前，酋長仍然不動。

穆秀珍怒道：「給他一麻醉針！」

「別傷害他，」木蘭花道：「他是在表示友善。」

「哼，拿大螞蟻給人家吃，還說友善？」

木蘭花道：「轉彎，我們用電鋸鋸斷一株樹，他就不敢再攔在車前了。」

高翔用力扭轉了方向盤，車子在酋長的身邊擦了過去，酋長一跳，又跳到了車前，可是這時，車前的電鋸已然伸出。

而且，高翔將車子的速度加快，令車子向一株大樹衝了過去，電鋸陷入了樹身之中，發出噪耳的鋸木聲來，木屑四飛。

轉眼之間，那株直徑足有一呎多的大樹已被鋸斷，轟然倒了下來，高翔再轉過方向盤，那酋長呆呆地站著，不敢再動。

高翔踏下油門，車子向前疾衝而出！

當車子衝向前去之際，他們都聽到了土人的大聲呼叫，可是卻沒有一個人再追上來，高翔將車子的速度提至最高，向前衝了出去。

他盡量將車子靠河邊，近河邊林木比較疏，車子行進的障礙也少，是以車行得比較快，不消多久，再向前看去，一個土人也看不見了！

高翔鬆了一口氣，道：「總算離開他們了。」

木蘭花向哩數表看了一看，道：「我們進森林起，到現在，深入森林九十哩了，從時間上來推算，王可敬的出事，最有可能是在剛利族人那裡。」

「剛利族人在什麼地方？」

「我也不知道，但至少在五十哩之外，這四族獵頭族全是十分凶悍好鬥的，他們族與族之間遇到了，必然要拚個你死我活，所以我相信，在畢卡族和剛利族之間，一定有著自然的分界，我們如果留意一些，一定可以覺察這一點的。」

他們一直向前駛著，林木漸漸疏了，等到黃昏時分，前面的林木更是稀疏，木蘭花道：「我們補充一點食水，我想森林是畢卡族人的天地，出了森林，多半是剛利族人的範圍了！」

高翔將車子駛到河邊，停了下來。

他們各自下了車，河水十分清，他們將水壺裝滿了水，再加上消毒劑，就可以飲用了，木蘭花帶著穆秀珍、安妮和王可麗走了開去，高翔和雲四風全神貫注地守著車子。他們停留了約莫十分鐘，便又登上了車，繼續向前駛去。

天色漸黑，他們也快駛出林子了。

木蘭花拿起一具望遠鏡，向前望去，只見前面是一片丘陵起伏的地帶，在遠處，可以見到有一座高山，那一片丘陵至少有五六十哩。

向前看去，卻看不到什麼，只看到一群狒狒在丘陵中翻躍著，小狒狒伏在大狒狒的背上，看來是回到牠們的巢穴中去。

在更遠的河邊，好像有一群河馬，有一群水鳥，正圍著那群河馬在飛翔著。

木蘭花嘆了一聲，道：「王可敬再也想不到，除了他之外，還會有人來，否則，他多少應該留下一點記號來的。」

王可麗忙道：「蘭花姐姐，我哥哥常說，如果他遇到了危險，那麼他就一定會設法在那地方留下記號，那麼在第二次到的時候，就可以回憶當日的危險了！」

木蘭花道：「如果那樣，那我們至少可以知道他們是在什麼地方出事的了，唉，剛利族人只怕沒有畢卡族人那樣容易對付了！」

穆秀珍還沒有忘記她吞下肚去的大螞蟻，她恨恨地道：「以後，這些土人不論拿什麼東西給我吃，我都不吃了！」

木蘭花道：「我們該繼續向前去了。」

高翔駕著車，別的人在天色漸漸黑下來時，都闔上了眼，睡著了。木蘭花是準備接替高翔駕車的，所以她坐在高翔的身邊。

在天色全黑了下來之後，高翔著亮了車頭燈，雖然地形起伏不平，但是比起在密林中行車來，總好得多了，是以車速十分快。

木蘭花也闔上了眼在休息著，高翔注視著前面，到了午夜時分，高翔揉了揉眼，他看到前面有許多火把，火光閃耀著。

高翔忙停下了車，推了推木蘭花。

木蘭花立時醒了過來，高翔向前指了一指，她也立時看到了那些火把，火把約在一哩開外，像是還在移動著，可是卻聽不到任何聲音。

木蘭花忙拿起了望遠鏡向前看去，在望遠鏡之下，那些火把可以看得更清楚了，還可以看到很多人在圍成圓圈，在跳動著。

木蘭花道：「那一定是剛利族人了。」

「何以他們一點聲息也沒有？」高翔心中懷疑道。

「看來，他們好像在舉行什麼儀式。」

高翔道：「現在他們自然還沒有發現我們，但是如果我們駕著車子接近，他們一定會知道的，那樣就會有麻煩了！」

木蘭花皺著眉，道：「你的意思是——」

「我們將車停在這裡，我和你掩向前去，先去看看動靜。」高翔道：「那樣，我們或者可以避免和他們正面接觸。」

木蘭花道：「那太危險了！」

高翔道：「自然危險一些。」

木蘭花搖頭道：「不好，我們還是駕車前去的好，我們在車子中總是最安全的，離開車子，豈不是安全完全沒有了保障？」

高翔不再堅持自己的意見，道：「你說得對，我是因為王可敬可能還在他們的手中，是以才不想刺激他們，如果王可敬只是被俘，而沒有死的話，我們太刺激了剛利族人，可能會發生悲劇的。」

木蘭花的雙眉蹙得更緊，她點頭道：「你說得對！」

在車後的穆秀珍，突然插進了口來，道：「我去。」

木蘭花回頭向穆秀珍望了一眼，原來他們全已醒了，木蘭花忙道：「我們已發現了剛利族人，王可敬可能就在他們手中。」

王可麗的神色緊張得難以形容，她扭著手指，並不說話，安妮則只是不住地咬著手指。

木蘭花想了片刻，道：「高翔的想法是對的，但是我們可以再駛近些，盡量減低噪聲，設法駛到接近的高地去，那我們至少可以弄清楚他們在做什麼。」

高翔重又令車子向前駛去，駛得比較緩慢了些，慢慢地駛上了一個高地，當來到最高處的時候，他們都可以看得更清楚了。

他們看到約有五六百人，圍成了一個馬蹄形，向著沙立河坐著，在河邊，有兩根很大的木柱，一望而知，那是圖騰。

另外有七八十人，各執著火把，在馬蹄形坐著的土人之中，圍成圓圈奔跑著，在圖騰之中，似乎還有著什麼東西。

木蘭花拿起望遠鏡來。

她看清楚了，在兩根圖騰之中，站著三個人。

那三個人中的兩個，身上都披著毛頭十分長的獸皮，中間的那個人卻是穿著衣服的，他不但穿著長褲，而且，還穿著上衣，而所有的土人，都只不過下體圍著一幅獸皮而已。

木蘭花呆了一呆，她將望遠鏡遞給了高翔，道：「看圖騰下的那三個人中間的那個。」

高翔才一接過望遠鏡來，湊在眼上看了看，吃驚地叫道：「那是一個文明人，他……他是誰？」

木蘭花深深的吸了一口氣，道：「我想是王可敬！」

王可麗忙道：「讓我看看——」

高翔將望遠鏡遞給了王可麗，王可麗看完，放下了望遠鏡，激動得半晌說不出來，道：「那是我哥哥，蘭花姐，那是我哥哥！」

「他居然還活著！」穆秀珍搶過了望遠鏡，道：「可是他現在的情形卻不十分妙，他被人捉著！」

木蘭花向高翔望了一眼。高翔立時明白了她的意思，點了點頭。

木蘭花沉聲道：「我們不能再前進了，用高翔的辦法，我和他偷偷進去，我們見機行事，才能將王可敬自土人手中救出來。」

穆秀珍立時道：「三個人一起去！」

木蘭花道：「不行，這不是靠人多就能成功的事，就算我們全部都過去，也及不上土人的人數多，土人會使用毒箭和塗有毒藥的尖矛，我們除非是存心屠殺他們，否則，在武器上也佔不了什麼優勢，所以人多反而會耽誤事情。」

穆秀珍仍是一臉不高興，可是她卻沒有再說什麼。

王可麗急得嘴唇煞白，這時，她又忍不住問：「他們想將我的哥哥怎樣？」

「我也不知道，」木蘭花搖著頭，「看來，他們是在舉行一項十分隆重的儀式，這項儀式，自然是針對你哥哥而舉行的。」

雲四風奇怪地道：「他們何以一點聲音也沒有呢？」

雲四風這一句話才出口，便聽得「咚咚」的鼓聲傳了過來，鼓聲十分緩慢，十分沉重，令人聽到了那樣的鼓聲之後，心中極不舒服。

木蘭花又向前望了片刻，道：「你們在車中，用心觀察著，如果我們一有危險，你們就發射煙幕彈，掩護我們撤退。」

穆秀珍仍然鼓著氣，雲四風和安妮兩人點頭答應著。

5 三面包圍

木蘭花和高翔兩人，檢查了一下他們隨身所帶的東西，背上了個人飛行器，打開車門，從車中輕輕地挪了出來。

一離開了車子，他們立時伏下了身子，輕巧地向前奔了過去，當他們越來越接近那堆剛利族土人之際，鼓聲也漸漸急驟了起來。

隨著鼓聲的急驟，那群彎著身子在走動的土人，也走得急了起來，自他們的口中發出「哼」，「哼」的聲音來，和著鼓聲的節拍。

木蘭花和高翔兩人越走越近，終於來到了離他們只有七八碼的所在處，在一棵大樹之後站定了身子，他們的行動十分輕巧，就算不免有一點聲音發出來，蓬蓬的鼓聲也將他們發出的聲響掩蓋住了。

當鼓聲越來越急時，只見一個身形遠比其他土人高大的土人站了起來，在那土人的身上，用紅色的泥土畫著許多稀奇古怪的花紋。

那土人站了起來之後，鼓聲突然又停止。

只見那土人一步一步的向前，向兩根高大的圖騰走了過去。

這時，木蘭花和高翔早已可以看到王可敬了，王可敬的處境十分不妙，他直挺挺地站著，他的雙手被反綁著。

在他的身後，是一根木柱，他的雙手就被反綁在木柱上。王可敬的面色極之蒼白，但是他的雙眼卻還睜得老大。

他望著那身形高大的土人，向他一步一步地接近，他忽然笑了一下，講了一句話。

王可敬自然沒有可能會講剛利族的語言，在木蘭花聽來，他講的那句話，也像是西非洲的土語之一，可是剛利族人和外界極少往來，自然也聽不懂王可敬的話。

王可敬微微抬起頭來，哼了一聲。

鼓聲停止之後，四周圍十分寂靜，王可敬的那一下嘆息聲，也是清晰可聞，高翔低聲道：「蘭花，看情形，他們是要殺王可敬！」

木蘭花點了點頭，已從腰帶上拔出她自己設計的小型麻醉槍來，她轉頭向高翔望了一眼，槍口向王可敬身邊的兩人指了一指，又向那身形高大的土人呶了呶嘴，高翔立時會意，也掣了一柄同樣的麻醉槍在手。

那身形高大的土人向王可敬一步一步地在逼近。等到他來到了王可敬的身前只有三四碼之際，只見他手臂一振，在他腰際所圍的獸皮之下，抽出了一柄彎刀來。

一看到那柄彎刀，木蘭花和高翔也為之一呆！

那是一柄雪亮的鋼刀，在火光的照耀之下，發出奪目的光彩來，剛利族人何以會有那麼鋒利的彎刀，那實在是不可思議的事！

而且，那身形高大的土人，對於使用這柄彎刀一定十分嫻熟，因為他一握刀在手，手臂一圈，寒光閃閃，便將那柄彎刀揮出了一團精光。

也就在那時，急驟的鼓聲陡地響了起來。木蘭花和高翔也在那時同時扳動了槍機。

他們每一個人都扳動了兩次槍機，射出了兩枚麻醉針，高翔射出的兩枚，射在那身形高大的土人的背椎骨的附近，而木蘭花射出的兩支麻醉針，則射中了圖騰下的兩個土人。

那身形高大的土人，背椎骨旁中了麻醉針，那部位正是人體神經的總滙，神經活動受抑制，也來得格外快疾，他在揮了揮彎刀之後，本來是一步向前踏了出去的，但是等到他腳向下踏去時，他人已站立不穩，身子一側，跌倒在地。

緊接著，在王可敬的身旁，那兩個土人也倒了下來。

王可敬的臉上現出了驚訝之極，幾乎難以相信的神色來，鼓聲突然停止，在那剎間，簡直是靜到了極點。

接著，便爆發了土人驚天動地的驚呼聲，原來全是坐在地上的土人，個個都站了起來，自他們的臉上，也現出驚懼莫名的神色。

他們一面叫著，一面向前疾奔而出。

他們奔走的勢子是如此之快，就像是一群羚羊在吃驚時奔逃一樣，轉眼之間，便已翻過了一個丘陵，然後，他們聚集在那裡不動。

那丘陵離王可敬所在的地方，至少有兩百碼，木蘭花和高翔兩人知道，他們原始的武器是萬難發射到這樣遠的距離的。是以他們兩人互望了一眼，正待向前走去。

但就在這時，突然聽得王可敬急急地用英語道：「救我的人，請躲在原來的地方，不要現身，那樣，對大家都有好處。」

木蘭花和高翔呆了一呆。他們不知道王可敬那樣說是什麼意思，但王可敬立時又道：「現在，他們會以為我是神聖不可侵犯的，他們會崇拜我，聽我的號令，你們到時再現身不遲！」

高翔和木蘭花互望了一眼，木蘭花點了點頭，他們暫時仍然匿身在樹後。時間慢慢地過去，王可敬仍然被綁著，而那些土人，也仍在兩百碼開外的一個土陵上。過了足足有半小時之久，高翔已開始等得有點不耐煩了。

然而，也就在這時，看到那面丘陵上的土人有了行動，他們一個個傴僂著身子，後面一個人的手搭在前面一個人的背上，成一長串，慢慢向前走來。

幾百個土人排成了一個極長的行列，他們一直向前走著，來到了王可敬的身前。

王可敬擺動著身子，發出了幾下呼叫聲，在最前面的那土人，將身子彎得更低，走近王可敬。

當他走近王可敬的時候，他的心中一定十分害怕，因為他的身子在不住地發著抖，他來到了王可敬的身邊，取出了一柄骨刀來。

他用那柄骨刀割斷了綁住王可敬雙手的樹籐，王可敬已然恢復了自由，他高舉著雙手，發出一下極其響亮的呼叫聲。

隨著他那下呼叫聲，所屬的土人全都在剎那間伏在地上，手臂圍成圈，將臉埋在手臂圈內，一動也不動。

王可敬向前走了兩步，揚起頭來，道：「好了，現在你們可以現身出來了。」

高翔和木蘭花立時從大樹後面走了出來，王可敬看到了木蘭花，滿臉皆是驚訝之色，道：「小姐，你怎麼會到這裡來的？」

木蘭花笑著，並沒有回答，高翔卻回答道：「她是我們探險隊的隊長，我們的隊員之中，還包括你的妹妹王可麗在內！」

王可敬又是一呆，道：「有那樣的事？」

王可麗已經從車中探出頭來，大聲叫道：「哥哥！」

王可敬回頭看去，他隱約可以看到那輛車子，他忙道：「你們趕快離開，我告訴你們，這裡是獵頭族的禁地，那不是鬧著玩的！」

他一面說，一面向車子走去，木蘭花和高翔連忙跟在他的後面，那些土人仍然一動也不動地伏在地上。

不一會，他們就來到了車旁，王可麗從車中撲了出來，緊緊地抱住了王可敬，她實在太高興了，是以雙眼之中淚水直流。

她一面流淚，一面笑著道：「哥哥，我以為再也見不到你了，如果不是蘭花姐姐肯幫忙，我們一定不能再見面了！」

王可敬在聽到「蘭花姐姐」四字之際，怔了一怔，他轉頭向木蘭花望來，道：「原來是大名鼎鼎的女黑俠木蘭花，真是失敬了。」

木蘭花淡然笑著，道：「好了，我們可以回去了！」

王可敬揚手道：「再見——」

王可敬那一聲「再見」，倒令得各人都是一呆。

穆秀珍第一個問道：「誰和你再見，我們就是來找你的，找到了你，自然和你一起回去！」

王可敬卻搖頭道：「我來這裡的目的是探險，並不是遇到了一點挫折，便立即撤退，所以，我還要繼續前進，不和你們一起回去！」

穆秀珍又是好氣，又是好笑，她「哼」地一聲，道：「說得倒好聽，一點挫折！不是蘭花姐及時救了你，你的頭已被割下來當球踢了！」

王可敬的臉上現出惱怒的神色來，雲四風在一旁忙拉了拉穆秀珍的衣袖，示意她不要在話中得罪了人。

可是穆秀珍反倒叫了起來，道：「我說的可是實情。」

王可敬的神色變得十分難看，他推開了他妹妹，向木蘭花和高翔兩人一鞠躬，道：「多謝你們兩位救了我，但是我想，這不等於說你們有權力強迫我回去。」

木蘭花點頭道：「是的，王先生，我們都知道你是一個偉大的探險家，有著偉大的探險精神，但是，你再繼續這種探險，卻是極其危險的。」

「我自然知道，但是我必須前進。」

「王先生，」木蘭花又道：「如果你探險的目的，只是在研究獵頭族人的生活，那麼，我相信在剛利族土人中，你就可滿足要求了，除非另外有目的。」

木蘭花最後的一句話，各人都有愕然之感。

王可敬的神色，更是微微一變，道：「什麼意思？」

木蘭花的聲音卻仍然十分平靜，她伸手向前一指，那些土人仍然伏在地上，一動不動，木蘭花道：「你已在土人之中造成了神的地位，你可以在他們族中住下來，接受他們的崇拜，研究他們的生活，那麼，你的目的不是達到了麼？」

王可敬道：「那只是剛利族，而獵頭族還有兩族，是居住在沙立河的更上游，我自然會在這裡住上一個時期，然後繼續前進的。」

王可麗忙道：「哥哥，我和你在一起！」

木蘭花、高翔等人互相望了一眼，安妮和王可麗的感情已十分好，她一聽得王可麗要和她哥哥在一起，她像發了急，忙道：「那索性我們全在一起！」

王可敬卻立時道：「不行，你們只會妨礙我的工作！」

王可敬那種說法，令穆秀珍感到了極度不滿，她立時道：「胡說，若不是我們趕到，你已經死了，還吹什麼大氣？」

木蘭花向穆秀珍擺了擺手，示意她別再說話，她只是問王可麗，道：「可麗，你要和你哥哥在一起，可曾想清楚了？」

王可麗立時點頭道：「想清楚了，就算有危險，我們兩個人在一起總好得多，蘭花姐姐，多謝你送我到這裡來。」

木蘭花道：「好，那麼再見了！」

木蘭花突然作出了那樣的決定，肯讓王可麗和王可敬在一起，繼續留在獵頭族的禁地之中，使得高翔等人都十分驚訝。

王可敬也呆了一呆，接著，便聽得他道：「其實，你們也不必走得那麼急，剛利族人一定會用最隆重的禮節招待我們，我們可以看到前所未見的舞蹈，可以吃到從來也沒有吃過的奇怪食品，在剛利族人的範圍中，我們可說是絕對安全的。」

雲四風等人都望著木蘭花。

從他們四人臉上的神色看來，他們顯然很希望在這裡留下來，開開眼界，穆秀珍甚至已伸出手掩住了口，好像土人又會用大螞蟻來餵她一樣。

但是，木蘭花卻斷然地說道：「不！我們要回去了！」

她首先坐上了駕駛位，高翔也上了車。

她在車中道：「王先生，你需要什麼，可以告訴我！」

穆秀珍不明白，道：「我們——危險？」

「是的，如果王可敬此行另有目的，而他之所以對我們有敵意，就是不想我們知道他的真正目的，那麼他就會指使剛利族的人來對付我們的！」

「那是不可能的！」穆秀珍叫著。

木蘭花並沒有回答，她只是突然停下了車。

車子引擎的噪聲一停下來，他立時聽到了一陣沉重的鼓聲，那鼓聲好像就是他們剛才離開的那個地方所傳出來的。

鼓聲有時沉緩，有時急驟。車中的所有人都知道，這種鼓聲，是一種語言，是原始民族傳遞消息的最佳方法，但是他們自然無法聽得懂那種鼓語。

當鼓聲在他們的後面持續了二三分鐘之後，在他們車子的前左和前右方，也傳來了一陣又一陣的鼓聲，聽來是互相拍和的。

木蘭花緩緩地吸了一口氣，道：「我想我猜得不錯了，從現在起，我們要加倍小心，剛利族人已準備向我們進攻了！」

高翔呆呆地望著她。

木蘭花又補充道：「我雖然聽不懂剛利族人的鼓語，但是我對鼓語卻有一定的研究，用鼓聲來代替語言，最能表示出情緒來，是激昂還是悲傷，是和平還是戰爭，是很容易分別出來的，如果我未曾聽錯，我們已被三面包圍了！」

安妮道：「不會的，王可麗不會害我們的。」

「要害我們的不是王可麗，可麗年紀太輕，她不懂得什麼事，她不能阻止王可敬的行動，看——」木蘭花突然伸手向前一指。

他們看到一組組的火把，正在迅速地向車前面移來。

在火把的照映之下，他們每一個人，都可以看到人影的晃動，不知有多少人，正從前面的丘陵地帶，潮水也似湧了過來。

木蘭花的面色變得十分嚴肅，他忙道：「在車頂上，可有易燃的物品？」

「有一箱汽油。」雲四風回答著。

「快打開車頂，」木蘭花急急地說道：「他們一定會用火攻，我想，那是王可敬教他們的，這是我們車子的唯一弱點！」

火把已越迫越近了，木蘭花已按下車頂的掣，高翔迅速地爬上車頂，解開了皮帶，那箱汽油有五十加侖，箱子十分沉重。

木蘭花抬頭看著，急叫道：「別將它弄回車箱來，時間來不及了，將它推下去，快，剛利族土人已經快接近我們了！」

高翔想告訴木蘭花，如果拋棄了這桶汽油的話，那麼他們可能連回程的汽油也不夠，可是當高翔回頭看了一眼時，他卻什麼也不說了。

持著火把的剛利族人，已然來到了五十碼開外之外，帶著火頭的尖矛已然好像流星也似的，向前飛來！

高翔雙手用力一推，那桶汽油，發出隆然的巨響，自車頂中流了下去，那時，「啪啪」兩聲響，已有兩柄矛拋到了車上。

高翔雙手一鬆，跌回車廂來，車頂立時闔上了。

幾乎車頂才一闔上，就如同下了一陣驟雹一樣，「啪啪」之聲不絕，至少有十七八柄尖矛落在車頂上，木蘭花踏下油門，車子向前衝去。

車子才衝出了二十來碼，就被剛利族的土人圍住了。

木蘭花沉聲道：「射擊！」

車廂中每一個人，除了駕車的木蘭花之外，早已將麻醉槍的槍管，從窗子的上面伸了出去，木蘭花一聲令下，麻醉針便不斷發射了出去。

只見跳躍叫囂的土人，一個接一個地倒了下去。

木蘭花按鈕，電鋸旋轉著，向前伸了出來。

高翔和穆秀珍專心對付車前的土人，她們兩人的射擊技術何等精良，針無虛發，天色雖然黑，但是每一個土人手中都執著火把，那無疑是最好的目標，是以在車前的土人幾乎是一排一排倒下去的。

木蘭花小心駕駛著車，避免輾死人，車子疾速地衝下了一個小丘，來到了比較平坦的近河附近，那時，車前已沒有土人了。

但是，在車子左首的一個小山丘，卻又冒出了許多火把來，照映著數百個臉孔漆黑的土人，那些土人並不衝上山來。他們只是在山上鼓噪著，跳躍著。

突然間，穆秀珍尖叫了一聲，道：「蘭花姐，你看！」

木蘭花轉頭看去，也不禁嚇了一大跳！

只見數十塊，每塊足有半噸重的大石，正從山坡上疾滾了下來。那麼多的大石塊，在發出隆隆聲滾下來之際，聲勢之驚人，實是難以形容的！

木蘭花踏下油門，車子以最高的速度向前衝了出去。

可是，大石滾下來的勢子還是太快，快得木蘭花無法全部逃開它們，高翔眼快手快，自車中拋出了兩枚手榴彈去。

兩下轟然巨響過處，手榴彈將兩塊滾向車頭撞來的大石炸成了粉碎。碎石一起飛上了半空，又落了下來。

而在手榴彈爆炸的一剎那間，車尾部分還是被一塊巨石隆然撞中。

那塊巨石將車子撞得劇烈地震動了起來，險險傾側，幸而車身只是搖擺了一下，但是卻也斜了幾呎，後輪陷在近河的軟地之中。

如果不是他們的車子，車輪之上裝有履帶的話，很可能車子便難以發動了，木蘭花用力踏著油門，車子吼叫著，又向前去。

車子中的每一個人都緊張到了極點，因為剛才若不是高翔疾拋出了兩枚手榴彈，炸碎了大石的話，他們可能已連人帶車被撞進河中去了！

當木蘭花駕著車繼續前行之際，山丘上那幾百個土人已經退了下去，木蘭花的額上滴著汗珠，安妮驚問道：「蘭花姐，我們怎麼辦？」

「回到森林去！」木蘭花回答，「只有到了畢卡族的範圍內，我們才安全，剛利族的人不敢闖進畢卡族的範圍來的。」

穆秀珍狠狠地罵道：「王可敬太可惡了，他應該叫王可惡！」

木蘭花道：「現在說這種廢話有什麼用，快留意四周圍的情形，看看剛利族的土人又用什麼辦法來對付我們的車子！」

這時，剛利族土人卻好像已隱沒了，除了車前，車後，有強烈的燈光照射，可以看清楚十碼以外的情形之外，兩旁是一片漆黑。

穆秀珍道：「看不見有人，他們可能知難而退了！」

木蘭花道：「你將問題看得太簡單了！」

木蘭花的話才一出口，突然之間，兩旁傳來了一陣難聽之極的「噓噓」聲，簡直就像是有無數惡鬼，在剎那間一起叫了起來一樣。

隨著那種噓噓聲，突然，數百支和未用過的鉛筆差不多大小的毒箭，自車子的兩旁電射而出，那顯然全是隱伏在車兩旁的土人，用毒箭吹筒吹出來的！

那許多毒箭自然奈何不了他們的車子，可是，他們車窗的上格卻留下了吋許的空位，以便伸出槍管去向外射擊。

像飛蝗般向車身射來的毒箭之中，有一支，恰好從那吋許的隙縫之中穿了過來，射向安妮，穆秀珍急得伸手去拍打時，卻已慢了一步。

毒箭落了下來，射在安妮的左腿上。

安妮立時驚叫了起來。

6 意外頻傳

木蘭花回頭一看，也大吃了一驚，忙道：「將所有的窗全都關上，四風，你來駕車，我來急救！」

木蘭花翻過了椅背，雲四風忙坐上了駕駛位，車子繼續向前駛去，木蘭花用力撕開了安妮左腿的裙腳，看到中箭的地方，已黑了一大片。

安妮的身子發著抖，道：「蘭花姐，我……要死了，是不是？」

安妮的話，聽在各人的耳中，簡直如同刀割一樣，木蘭花急道：「快，將解毒血清遞給我！」

穆秀珍提起一隻藥箱，木蘭花已拉過了兩條繩子，用力紮住了傷口的上下，她一伸手，拔出了那支毒箭來，自傷口處冒出來的血，是一種異樣的紫色。

木蘭花立時用口對住了傷口，用力吮吸著，她吸了一口毒血，吐了出來，又再吸吮著，一直吸了五六口，等傷口冒出來的鮮血已是紅色的了，她才停止吮吸。

高翔連忙遞了一杯水給她，木蘭花漱著口，穆秀珍已準備好了幾支針藥，木蘭花接過了針筒來。

車子仍在向前急馳著，震盪得很厲害，木蘭花的手卻穩定得出奇，她接連替安妮注射了四針，她額上的汗，在一滴一滴向下落來。

穆秀珍托著安妮的頭。安妮呻吟著，高翔問：「你覺得怎麼樣？」

安妮道：「我覺得很昏，我……覺得昏眩……發燙，我是不是……要死了……」

穆秀珍伸手在安妮的額上一摸，嚇得直叫了起來，道：「蘭花姐，安妮在發著高燒，那是什麼毒藥，竟那麼厲害！」

木蘭花並沒有回答，她的臉色十分之蒼白。

高翔等人，全是和木蘭花相處了很久的人，他們從來也未曾在木蘭花的臉上看到那樣蒼白的神色過！

木蘭花用手背抹了抹汗，道：「用冷水敷她的額角！」

安妮這時仍然睜大了眼，可是她的目光已然亂射，她的口唇在顫動著，但是她發出的聲音，卻只是毫無意義的囈語。

高翔也伸手在安妮的額上摸了一下，他手連忙縮了回來，他摸到的，簡直不像是一個人的額，而像是什麼能發火的東西！

而安妮此際，顯然已因為高熱而昏迷過去！

高翔可以說是一等一的鐵漢，但這時，他也變得六神無主起來，張大了口，不知說什麼才好。

木蘭花道：「別緊張，她發高熱昏迷了過去，倒是好現象，那表示她體內的自然抵抗力正在發生作用，而且，昏迷不醒，也可以減少痛苦。」

穆秀珍已忍不住「哇」地一聲哭了起來，道：「小安妮，你不能死，你若是死了，我要殺得剛利人一個也不留！」

木蘭花正色道：「秀珍，這是什麼話，我們是文明人，而你剛才的那種話，只有野蠻人才說得出口。」

穆秀珍悲痛得嗥叫了起來，道：「我是野蠻人！」

這時候，車子一直向前駛著，在那一陣毒箭之後，未曾再看到剛利人的影子，顯然他們已經將剛利人拋在後面了，而向前望去，已可以看到叢林的影子。

雲四風咬著下唇，他將車子駛得如此之快，以致車身在劇烈地震動著。

穆秀珍雙手捧住了安妮的頭，安妮的臉是一種異樣的紅色，她中毒箭的地方已腫了起來，皮膚變得又紅又腫，木蘭花、高翔和穆秀珍三人望著她，心中難過得猶如刀割一樣。

高翔抹著汗，道：「蘭花，我們怎麼辦？就算我們立時回到阿尚博堡去，文明社會中，未必有解那種毒箭的辦法！」

木蘭花的額上也不住在滴著汗，她道：「是的，我現在不是想趕回阿尚博堡去，我只是想趕到畢卡族人的聚居地去。」

雲四風忙道：「希望畢卡族人有辦法醫治安妮的毒傷。」

木蘭花點點頭，說道：「那是我們唯一的希望了！」

穆秀珍一面流著淚，一面嘴唇哆嗦著，看來她像是想講什麼，可是卻又由於心中實在太悲痛了，是以變得什麼也講不出來。

雲四風伸手在安妮的傷口處按了一按，那又紅又腫的部分熱得燙手，雲四風的聲音有點發啞，他道：「蘭花姐，我看用繩子紮住她的受傷部分，並不能阻止毒液的流通，反倒令得血脈不順，還是將繩子解了開來，免得她多受痛苦！」

木蘭花回頭看了一眼，她雖然不出聲，但是她的心中實在比誰都急，這一點，從她額上流下的汗珠，便可以看出來了。

她在轉過頭來的時候，她額上的汗珠甚至撒了開來！

她一面抹著汗，一面斷然道：「不能，現在我們要作最壞的打算，她中毒箭的腿可能要動手術鋸去，現在有遏止毒質流動的作用，而且，她已經昏迷，也不

可怕之極的東西，那硬要塞進車來的東西，好像是恐怖電影之中，來自第二星球的怪物一樣，那種極度驚恐之感，是足以令人產生窒息之感的。

木蘭花最早從驚駭中驚醒過來，她接連按了幾個掣，車身上的燈全亮了起來，就在這時，他們聽到整個車身都發出一陣「格格」的聲響，像是不勝重負一樣。

而當車外的燈都著亮之後，他們也看到，那花紋斑駁的東西已經遮住了好幾個窗口。

他們也立即看到，那並不是什麼怪物，而是一條熱帶巨蟒！他們所看到的只是蟒身，根本看不到蟒首在什麼地方。

一定是車子在黑暗中行駛，沒有發現橫亙在地上的巨蟒，是以在巨蟒的身上輾了過去，車子的重壓，觸怒了巨蟒纏住了車子。

巨蟒是從車底起，一直到車頂將車子捲住的。巨蟒的身子蠕動著，他們可以清清楚楚看到淺黃色的蟒腹肌肉在作醜惡的收縮，而每一次收縮，車身便發出「格格」聲來。

那巨蟒是想用牠的身子將車子壓碎！

那蟒的蟒身，足有一呎直徑，根本不知道牠有多麼長，那麼長大的巨蟒，所發出來的力量，實在是驚人的，他們已完全被困住了！

當木蘭花他們看清了自己的處境之後，都不禁呆住了。如果是沒有什麼特別意外的情形下，他們自然可以慢慢設法應付。

但是現在，安妮中了毒箭，情形那麼危險，他們唯一的希望，便是快一點趕到畢卡族人聚居的地方去，卻又偏偏在半途出了那樣的意外！

穆秀珍首先叫了出來，道：「用電鋸鋸牠！」

木蘭花搖著頭，道：「不行，牠打橫將車子箍住了，電鋸從車頭伸出去，是鋸不中牠的，我們也無法打開車頂走出去！」

穆秀珍急得雙手揮動道：「那我們怎麼辦？」

巨蟒的收縮越來越甚，他們都看到，在車頂部分，鐵頂正在漸漸地凹陷下來，雲四風驚叫道：「我們不能再堅持多久了。」

木蘭花按下窗門的自動開關掣，道：「快發射麻醉針，希望大量的麻醉針能使牠失去力量，別呆著，快點行動！」

她自己首先拿起了麻醉槍來，蟒身就緊貼著窗子，玻璃一落下，滑膩的蟒身似乎要從鐵格網中逼進來一樣，一股異樣的腥味中人欲嘔。

他們每一個人都用槍口抵住了蟒身，不斷地按動著槍機，麻醉針一支一支地射進了蟒身，在不到一分鐘的時間內，他們至少發射了一百多枚麻醉針！

但是那種只要一枚，就可以令得一頭發狂的犀牛倒地的麻醉針，對於這條箍住了車子的巨蟒，似乎起不了什麼作用！

車身仍然被箍得「格格」作響，車頂的凹陷部分也在漸漸增加，同時，履帶處傳來了「啪」地一下巨響，履帶已經斷了！

穆秀珍苦笑道：「麻醉針失靈了！」

木蘭花也苦笑著，道：「唉，巨蟒是冷血動物，神經系統的作用特別慢，專用來對付熱血動物的麻醉劑，自然起不了多少作用。」

高翔放下了麻醉槍，順手拿起兩枚手榴彈來。

木蘭花忙道：「你想做什麼？」

高翔道：「剛才，你可以將車門推開一些，看看現在還能不能，我出去，找到蟒首的所在，將牠炸死，除此之外，我們沒有別的辦法可以脫困！」

木蘭花的面色，一下之間變得十分蒼白。她道：「高翔，你知道這樣做的危險麼？」

「知道，」高翔回答，「但必須如此。」

木蘭花沒有再說什麼，她只是欠了欠身子，用力去推車門，車門可以推開呎許，高翔的身子向前一縮，硬在那呎許的空隙中擠了出去，在地上滾了一滾。

木蘭花、穆秀珍和雲四風三人在車中，都屏住了氣息，因為他們都知道，高翔所冒的險實在太甚了，可以說在光怪陸離的世界之中，也很少有人去冒那樣巨大的危險的。

人雖然是萬物之靈，可是在原始森林中，和那樣的一條巨蟒相比較，卻實在是太渺小了，渺小得蟒身只要輕輕一動，就可以使人變成肉醬！

高翔在地上滾動著，他迅速地躍過了蠕動的蟒身，來到五六碼開外處，這時，他已經完全可以看到他們車子的遭遇了。

他們的車子被巨蟒攔腰箍著，蟒的長尾，還纏在一株極大的大樹之上，蟒首貼在十碼開外的地上，整條巨蟒至少有三十碼長！

高翔是滾動著離開車子的，他的身上已沾滿了泥濘，他只覺得他的手上傳來了一陣劇痛，但是他根本沒有時間來察看是什麼造成他手上的劇痛，因為他才一從車中滾出來，那巨蟒像是已經發現了他，蟒首立時轉了過來。

蟒首昂起，向高翔迅速地接近，同時，鮮血色的蟒口也已張了開來，高翔不由自主發出了一下大叫聲，咬下了手榴彈的引線，將手榴彈向蟒口中疾拋了出去，同時，他的身子再滾動著，又向後滾了開去。

他還未曾再度躍起，只聽得一下悶響，手榴彈已爆炸了，一定是高翔將手榴彈拋進了巨蟒的口中，巨蟒便立時將之吞了下去的。

因為爆炸聲是在巨蟒的頸際發出的。

那正是整條蟒最細的部分，一陣火光、濃煙、血肉交飛之中，巨蟒斗大的蟒首已和身子脫離，「呼」地向前飛了出來。

巨大的蟒首飛到了高翔的身邊，只不過四五碼處咬住了一個樹根，高翔可以清楚地看到，白森森的蟒齒全陷進了樹根之中。

高翔幾乎像是做了一場惡夢一樣，他幾乎不能相信自己已經成功了，他呆呆地望了那蟒首片刻，才能轉過頭，向那輛車子看去。

而當他轉過身去時，他的頸骨仍然僵硬！

那蟒的蟒身仍然箍著車子，而且，還在繼續收縮，自巨蟒的斷頸中，腥血正像是泉水一樣地湧出來，但等到高翔回過頭去看視時，蟒身的收縮也已然是強弩之末了，緊接著，只見蟒身「啪」地伸直，打擊在地上，濺起老高的泥漿來。

而木蘭花也在那時推開了車門。

木蘭花一推開了車門，就急叫道：「高翔，快上車來！」

高翔緊張得想答應一聲，也在所不能，因為他的喉嚨乾得一點聲音也發不出來，他向前衝著，來到了車前，躍進了車廂。

木蘭花「砰」地關上了車門，高翔看到木蘭花、穆秀珍和雲四風三人，全用泫然之極的眼光望著他，他想問他們為什麼那樣望著他，但是，他還未曾開口，木蘭花已然道：「高翔，你別動，你的臉上和手上已然沾滿了吸血的水蛭——」

高翔陡地一震，他在才一滾出車外，在泥濘中滾過之際，已然覺得手背上有一陣異樣的刺痛，可是，當時由於實在太緊張了，如果他沒有爭取每一秒鐘的時間，他可能已被巨蟒吞下了肚中，是以根本沒有時間去察看是什麼造成了疼痛的。

而接下來發生的事，更是緊張，令他完全忘卻了刺痛，直到這時，木蘭花提醒了他，他才突然之間又想到了那陣刺痛！

他感到的那陣刺痛是十分劇烈的，就像是手背上和臉上貼著許多燒紅的烙鐵一樣，他翻過手背一看，幾乎忍不住要嘔吐起來。

那實在是太醜惡了，世界上最醜惡的東西，只怕莫過於吸血的水蛭了！高翔雙手的手背上，至少有七條肥大的、扁平的、花白色的水蛭。

那些水蛭，用牠們腹際的吸盤，緊緊地附著在高翔的皮膚上，用力地在吮吸著高翔的血！

高翔捉住了其中的一條，用力地拉著，可是卻撕不脫！

木蘭花忙道：「別硬來，牠們的吸盤中有無數倒刺，除非將你的皮膚一起拉脫，不然是拉不脫牠們的，秀珍，拿鹽來。」

穆秀珍連忙打開了箱子，遞過了一瓶鹽來。

木蘭花旋開瓶蓋，將鹽粒灑向高翔的手背，鹽粒一碰到水蛭扁平的身子，水蛭立時蜷縮了起來，離開了高翔的手背，跌了下來。

木蘭花又將鹽粒灑向高翔的臉，由高翔的臉上也落下了五條水蛭之多，木蘭花苦笑著道：「希望只是普通的吸血水蛭，沒有別的毒質！」

雲四風忙道：「高翔，你可感到什麼不舒服？」

高翔定了定神，搖頭道：「不覺得怎樣。」

木蘭花道：「那還好，你只不過損失了一些血液而已，還不致於有什麼大損害，秀珍，拿一個網來給我，看來泥濘中全是那樣的水蛭！」

穆秀珍叫了起來，道：「你想做什麼？」

木蘭花道：「我要捉幾條起來。」

高翔、雲四風和穆秀珍三人的身子，都不由自主震了一震，因為那種肥大的吸血水蛭，實在太可怕，太醜惡了！

而木蘭花竟然要用網去捉那麼可怕的東西，怎能不令他們感到意外？

木蘭花立時正色道：「你們別看輕了這種水蛭，一直到現在，牠們仍然是外科醫生的恩物，牠們的吸血功能雖然害人，但是也救了不少人，利用牠們，可以進一步吸出安妮傷口中的毒血！」

木蘭花的話，立時提醒了各人。

利用水蛭來吸血，那只是普通的醫藥常識，高翔他們自然不會不知道，只不過他們沒有木蘭花那樣冷靜，是以一時之間想不起來而已。

這時，木蘭花一提起，穆秀珍連忙將一支長柄的網伸出了車外，在泥濘的地上網了一網，稀泥自網眼中漏下去，五六條水蛭在網中翻滾著。

穆秀珍將網縮了回來，木蘭花已拿起了一支鉗子，鉗住了其中一條，輕輕放在安妮的傷口上，安妮仍然昏迷不醒，她的傷口周圍腫得高起兩三吋，皮膚變得又紅又白，十分駭人！

那條水蛭立時緊貼住了安妮的傷口，只見水蛭平扁的身子立時漲了起來，不過十幾秒鐘，水蛭突然縮成了一團，跌了下來。

木蘭花又鉗起了第二條，放了下去。

接連放了三條之後，安妮傷口附近的腫脹已然平復了一半，而跌下來的三條水蛭，已然縮成一團死掉了，那自然是牠們中了毒的緣故。

在經過了六條水蛭的吮吸之後，傷口附近的紅腫已經消退了一大半，穆秀珍還想再去網水蛭，木蘭花搖頭道：「行了，我們不能讓她的血液消耗太甚，現在，維持她身體內的自然抵抗力，比什麼都重要。」

穆秀珍放下了網，她輕輕撫摸著安妮的臉頰，道：「小安妮，你傷口不怎麼腫了，你應該醒來了，你為什麼還不醒來？」

她一面說著，一面想到小安妮可能從此不會醒來，她只覺得一陣心酸，眼淚不由自主大顆大顆滴在安妮的臉上。

木蘭花哼了一聲，又坐在駕駛位上。

車子的一邊履帶已被蟒壓斷了一根，但是勉強還可以行駛，當車子向前駛出不多久之後，只看到前面，無數火把在閃動著。

木蘭花立時道：「那一定是畢卡族人聽到了剛才手榴彈的爆炸聲趕來了！」

木蘭花沒有料錯，畢卡族人來得更快。

當車子駛到了一個林中比較空曠的地方時，已被畢卡族人團團圍住了，他們顯然還記得這輛車子，他們一看到車子，就歡呼了起來。

接著，酋長和巫師也來了，木蘭花駕著車，繼續向前駛著，畢卡族人跟在車子的旁邊，跳著舞，發出一陣一陣的歡呼聲。

同時，鼓聲不絕，不一會，就來到了畢卡族人的村落，在村落的空地上插滿了火把，使得整個村落明亮得如同白天一樣。

木蘭花道：「我們還要小心些，各人檢查一切應該攜帶的配備，畢卡族人雖然對我們表示歡迎，但是他們情緒的變化，是很難預料的。」

各人都遵照木蘭花的吩咐，檢查了一下，然後，木蘭花才推開車門，下了車，披著豹皮的酋長連忙迎了上來，在他漆黑的臉上現出親切的笑容。

那種笑容，可以說是人類共通的語言，表示友善。

木蘭花之後，高翔、雲四風也下了車，穆秀珍最後下車，將車門完全打開。她道：「蘭花姐，怎麼對他們說呢？」

木蘭花向酋長打了一個手勢，又向車中指了一指，酋長探頭向車中看了一下，看到了昏迷不醒的安妮，他登時就呆了一呆。

木蘭花取起那支射中了安妮的毒箭來，在酋長的面前揚了一揚，那酋長騰地向後退出了一步，叫了起來，道：「剛利！」

他那樣叫著，自然是表示他一看就看出，那支毒箭是屬於剛利族人的，木蘭花也立時點著頭，道：「剛利！」

她持著毒箭，向安妮的傷口處插了一插，又行了一個倒下去的姿勢，然後，她又直起身子來，用詢問的神色望著酋長。

畢卡族人的智力並不低下，酋長立時明白了木蘭花的意思，他搖著頭，講了幾句話，木蘭花不懂他在講些什麼，只聽得他不斷地重複「剛利」這個字眼。

穆秀珍著急道：「他在說些什麼？」

高翔道：「他好像在說，剛利人的毒箭，只有剛利人才能解毒。」

穆秀珍絕望地叫了起來，道：「胡說！」

那酋長伸手自木蘭花的手中接過了那支毒箭，向他自己的身上作狀刺了一下，他顯然十分怕那支毒箭，箭尖離他還有好幾吋，他就即時縮回手來。

然後，他大叫了一聲，人叢中奔出一個十三四歲的孩子來，酋長拍著他的頭，再用箭向他自己比了一下，然後，他將身上的黑豹皮披在那孩子的身上，自己向下倒去，躺在地上，過了一會才躍起身，又自那孩子的身上，取回黑豹皮來。

木蘭花立時發出苦澀的笑容來，道：「高翔，你看得懂他在表示什麼嗎？」

「我知道，他是在說，他若是中了剛利族人的毒箭，他也要死，而由他的兒子，來繼承他酋長的職位。」高翔的聲音又沉又啞。

木蘭花嘆了一聲，她在一塊大石上坐了下來，伸手抓住了頭，穆秀珍抓住了她的手，道：「蘭花姐，那我們怎麼辦啊！」

木蘭花嘆了一聲，並不說話，她只是來到了車邊，向車內的安妮怔怔地望著，畢卡人也像是知道會有不幸的事發生，靜得一點聲音也沒有。

木蘭花呆望了半分鐘之久，才轉過身來，道：「可能是我吸毒吸得快，也可能是那幾針解毒血清和水蛭的作用，安妮現在只是昏迷不醒，還未曾有致命的現象出現。」

「我們趕回阿尚博堡，將她送進醫院去。」高翔說。

「不，那沒有用的。」木蘭花搖著頭，「文明人的醫藥，對於原始人的毒物來說，一定不起作用，我們將安妮留在這裡。」

「留在這裡！」高翔等三人立時反問。

「是的，秀珍，你和四風小心守著她，不斷地替她注射我們自己的解毒血清，那多少對她中的毒有緩和的作用。」

高翔已明白木蘭花的意思了，他忙道：「我和你——」

木蘭花道：「是的，我們再到剛利族人的部落去，只有剛利人他們才有解毒的藥物，我們要在剛利人的手中得到那種藥物。」

高翔的臉上現出十分堅毅的神色來，他立時點了點頭，道：「好！」

木蘭花回頭望著穆秀珍道：「秀珍，你記住我的話，我們兩人去了，如果十八小時之後，還沒有回來的話，那你就——」

木蘭花的話還未講完，穆秀珍已「哇」一聲哭了出來，道：「蘭花姐，那我一定殺盡剛利人，替你們報仇！」

木蘭花立時叱道：「胡說！我們四十八小時之後不回來，你們立即帶著安妮離開這裡，回阿尚博堡去，碰碰運氣！」

穆秀珍睜大了眼睛，淚水直湧。

木蘭花的聲音變得十分嚴肅，斥喝道：「別哭！來也是你要來的，來了，卻哭哭啼啼，那算是什麼？是小孩子麼？」

穆秀珍是感情十分豐富的人，在那樣面臨生離死別的情形下，要她不哭，那實在是不可能的事，她的淚水下得更急了。

木蘭花轉過身去，向著酋長，指了指安妮，又向前指了指，再指了指自己和高翔，道：「剛利。」那表示她要到剛利人那裡去。

然後，她再指安妮，道：「畢卡！」那表示她要將安妮留在畢卡族人的地方。

酋長立時點頭，雙手揮舞，高叫了起來，又有人捧出了一盤一盤的食物來，那又是螞蟻被捧在最前面，酋長是在表示他的好客。

木蘭花和高翔在車中取了應用的東西，配備了強力的電筒，木蘭花再度向穆秀珍重複了剛才所說的話，轉身和高翔走了出去。

一隊畢卡族的戰士替他們開道，一直帶著他們來到了森林的邊緣，這給木蘭花和高翔兩人省卻了不少麻煩。

因為畢卡族人世世代代在森林中居住，他們知道森林中何處是安全，何處是不安全的，木蘭花和高翔跟著他們來到了森林中，曲曲折折地走著，一點也未曾遇到意外。

而當他們來到了森林的邊緣時，天色已經濛濛亮了，高翔和帶隊的戰士摩著鼻子告別。

畢卡族的戰士回到了森林中。高翔和木蘭花繼續向前走著。

7 解藥到手

不一會，太陽升了起來，他們沿著河邊走著時，滿天的紅霞，映得原來是深碧玉的河水泛起了一片奪目的金紅色。

那種原始的壯麗無儔的景色，實在是令人心醉的，但是，木蘭花和高翔卻都沒有心思去欣賞，他們一直走著，太陽漸漸升高，他們一直走到中午，才在一株大樹下坐了下來。

直到現在，他們看到的，只是一片荒野，他們遇到的生物，也只是河邊上的鱷魚，或在丘陵間跳躍的成群的羚羊。他們舉起水壺，喝著水。

木蘭花在喝了幾口水後，迅速地爬上了樹，用望遠鏡向前觀察著，她看到有一小隊剛利人，持著矛，在遠處走動著，看來是在狩獵。

木蘭花又下了樹，將看到的告訴高翔，高翔說道：「他們是不是每個人的身上，都帶著解毒的藥物？」

「不知道。」木蘭花回答，「但我們必須先和他們接觸！」

高翔點著頭，他們兩人冒著烈日，繼續向前走去。

木蘭花和高翔立時伏了下來，伏在一塊大石後面，那頭野牛在離他們不遠處竄了過去，幾支毒箭飛了過來，射向那頭野牛。

那幾支毒箭顯然是那一小隊剛利人射出來的，野牛也可能是他們趕出來的，木蘭花和高翔可以清楚地看到似乎有兩支毒箭，射中在野牛的後腹部分，那野牛突然滾下了小崗，一小隊剛利族土人呼叫著，向那頭野牛奔了過去。

野牛還在掙扎著，但是剛利人的長矛，已從野牛的頸上刺了進去。

令得木蘭花和高翔兩人感到驚訝的是，他們刺殺野牛的部位，和西班牙鬥牛士刺死鬥牛的部位是完全一樣的，那頭野牛發出了一下嗥叫聲，在地上滾了一滾，就不再動彈了。

那一小隊剛利人奔向前去，有兩個土人拔出了牛腿上的毒箭，有一個人迅速地將中箭部分的牛皮剝了下來，流出來的牛血是紫褐色的。

高翔低聲道：「蘭花，他們用毒箭來打獵，難道他們能吃中毒而死的獸肉？」

木蘭花道：「我看有兩個可能，其一是將獵到的動物血放清了之後，就不再含毒質了；其二是，他們一定長期服食解藥，是以對於他們慣常使用的那種毒藥，早就有了免疫性。」

高翔點了點頭，木蘭花的解釋十分合理。

他又道：「我們現在怎麼樣？」

木蘭花道：「他們人多，我們難以和他們正面為敵，我看先用麻醉槍對付他們，只留下其中一個，逼問他解藥在什麼地方？」

高翔聽得木蘭花那樣說，已經舉起了麻醉槍來，他和木蘭花同時扳動槍機，那一小隊剛利人一共是十二個，不到半分鐘，便已有十一個倒在地上。

剩下的一個，呆呆地站在野牛的旁邊，顯然，他根本不知道剎那間發生了什麼事情，而他也全然不知該如何應付才好。

木蘭花沉聲道：「他的手中還有毒箭，我繞到他身後去對付他，你在前面吸引他的注意力，千萬小心，別給他使用毒箭的機會。」

高翔點了點頭，木蘭花身形向外滾了開去，她滾到了十幾碼，身子俯伏著，迅速地向前奔了出去，那土人仍然站著不動。

木蘭花已到了他的後面，那剛利人好像已聽到了些聲音，因為他的身子震了一震，待向後轉去。

高翔一直在留意他的動靜，一看到那樣情形，他立時身子一挺而起，大叫了一聲，他一叫，便立時身子一矮，就在那一剎間，「颼」地一聲響，一支毒箭，在他的頭頂只有兩三吋處掠了過去！

那剛利人才一向高翔射出一支箭，木蘭花便已竄到了他的身後，那剛利人還未及轉身，木蘭花的五指便抓住了他的後頸。

不論是西非洲的土人，還是在非熱帶圈生活的愛斯基摩人，只要是人，生理構造總是一樣的，木蘭花五指用力捉住了他的後頸，姆指壓在他頸旁的大動脈上，使他的血液不能到達頭部。

在那樣的情形下，被控制的人就會感到全身發軟，一點力道也使不出來，那剛利族土人在平時，可能一個人可以搏擊一頭野豹，但是他卻只有蠻力，而不懂得搏擊的技巧，所以木蘭花一出手，那剛利土人的雙手便軟垂了下來。

高翔立時跳到了那剛利人的身前，伸手在剛利人的胸前拍了一下，那剛利人向高翔望著，高翔在地上拾起一支毒箭來，作狀要向那土人刺去。

高翔自然不要去弄死那土人，他只是想看一看那土人對於毒箭的反應。那土人眼看著毒箭要刺到他的胸口，臉上一點反應也沒有。

木蘭花說道：「我說得不錯，那種毒藥，只對別人起作用，對剛利人是不起作用的，那一定是因為他們長期服食解藥之故。」

高翔收回毒箭來，向他自己比了一比，然後，又做了一個仰頭張口，喝下什麼東西的手勢，那剛利人眨了一眨眼，道：「奈比！」

高翔呆了一呆，苦笑道：「蘭花，和他們全然言語不通，如何向他們逼問解藥在什麼地方。」

木蘭花道：「你看他們的身上那麼簡單，根本不可能帶著解藥，解藥一定是收藏在他們聚居的地方，我想，那種解毒的食物，它的名稱叫作『奈比』！」

高翔又裝著被毒箭刺中的樣子，向後倒下去，然後，張大了口，叫道：「奈比！」

高翔向那土人伸出手來，土人搖著頭，手臂向後指了指。木蘭花突然鬆手後退，木蘭花是想在鬆開手之後，要那土人帶路的。

可是，木蘭花才一鬆開了手，那土人突然向高翔疾撲了出來。高翔的身手何等靈活，雖然事出倉猝，但也不會被他撲中的。

高翔的身子突然向旁閃了開去，那土人一撲撲了個空，木蘭花已扳動了麻醉槍的槍機，那土人身子陡地向前一衝，已跌倒在地上了。

高翔站直了身子，道：「蘭花，你說得不錯，我們要的東西叫『奈比』，我相信，只要到了他們的村落，才能得到它。」

木蘭花皺著眉，嘆了一聲，道：「是不是能得到它，還很難說！」

高翔道：「不會吧，只要我們能到達剛利人的村落，王可敬和可麗都在，而且王可敬的地位像神一樣，難道他們不肯幫忙？」

木蘭花緩緩搖著頭，道：「可麗是一個好女孩，她自然會幫我們的忙。但她卻無能為力，而王可敬，高翔，我們應該將他當成敵人。」

高翔吸了一口氣，沒有出聲。

木蘭花又道：「我總覺得他到獵頭人的禁地來，是另有目的的，要不然，他也不必派土人來攻擊我們，安妮也不會中箭了。」

高翔猶豫了一下，道：「我們遭到剛利人的攻擊，未必是王可敬主使的。」

木蘭花苦笑了一下，道：「希望那樣！」

他們的心情都十分沉重，他們也都知道，任由那十二個土人昏倒在荒野中，並不是十分好的辦法，是以他們收集了好幾堆枯枝，在土人的周團燃起了篝火，這樣，可以防止猛獸接近，然後，他們才又繼續向前走去。

一路上，他們又遇到了兩隊剛利人，但是木蘭花和高翔都知道，「奈比」一定不在他們的身上，是以他們都未曾和這兩隊人正式接觸。

他們不停地向前走著，已走過了他們救出王可敬的地方，再向前走去，沙立河分岔成為兩條河流，一條流向東北，一條流向西北。

在沙立河的分岔處，水面十分寬闊，在河中心，有一個林木茂盛的河洲，那河洲上，有「蓬蓬」的鼓聲傳了出來。

木蘭花在河邊又看到了許多獨木舟，她用望遠鏡向那河洲上望去，看到林木掩映之中，有很多火光正在閃耀著。

高翔疑惑地道：「剛利人的村落，不會在河洲上吧？」

「是在河洲上，」木蘭花立即回答他，「那是聰明的做法，河洲上土地肥，出產的果實更肥大，同時，猛獸也不容易接近，來！」

木蘭花說著，已經跳進了一艘獨木舟，高翔跟著跳了下去，每一艘獨木舟中，都有簡陋的船槳在，他們一人拿起了一柄槳，用力向前划去。

河水相當湍急，他們兩人要十分小心，才能使獨木舟不順河漂下去，他們都彎低著身子，因為在河中心的時候，如果被剛利人發現了，是很難躲得過毒箭去的。

當他們漸漸接近河洲的時候，從河洲上傳來的鼓聲，聽得更是清楚，鼓聲聽來很熱烈，像是剛利族人正在舉行什麼慶典。

木蘭花舉手抹了抹汗，道：「看來剛利人正在進行集會，在對王可敬致敬，那是我們的好運氣，希望不會遇到他們的守衛人！」

木蘭花只不過略鬆了鬆手，獨木舟便立時橫了過來。越是近河洲，水流越急，木蘭花忙又連划了幾槳，才糾正了方向。

獨木舟漸漸接近河洲了，當高翔已可以伸槳勾住河灘上的灌木時，木蘭花低聲道：「小心，別吵醒了在睡覺的鱷魚！」

高翔放眼望去，河灘上爬滿了鱷魚，幾乎連立足的地方都沒有，那些鱷魚都伏著不動，高翔忙道：「你先跳上岸去。」

木蘭花站了起來，輕輕一躍，便落在岸上。

她剛好落在兩條鱷魚之間，高翔也慢慢站起身來，他手中的船槳，仍鉤住了一簇灌木，他也湧身一跳，落在一條足有十尺長的鱷魚之旁。

那鱷魚像已經有點覺察了，擺了擺粗大的尾。高翔連忙揀著河灘上空隙的地方，向前走去，他和木蘭花兩人迅速地離開了河灘。

離河灘不遠處就是森林，當他們來到了森林邊緣時，閃耀的火把已看得更清楚了，好像有很多人持著火把在跳舞。不但有鼓聲，而且還不斷地有整齊的呼叫聲傳了出來。

高翔和木蘭花不由自主握住了手，他們已來到了凶猛的剛利人聚居的村落了，不論他們的膽子多麼大，也不論他們的生活中是如何充滿了驚險，他們的心中總有幾分緊張。

他們一直向前走著，那河洲十分大，全是茂密的樹木，他們走出了約有半哩，才看到了森林中的一大片空曠的地方。

那一大片空地，看來是剛利人在森林之中，不知經過了多少努力開闢出來的，因為在空地上，還可以看到許多凸出在平地上約莫半呎許的樹頭。

那空地上全是剛利族人，看來剛利人的人數，比畢卡族來得多，放眼望去，足有一千多人，在空地的盡頭處，則是一長條一長條的房屋。

那種房屋的形式很特別，每一條房屋，有接近兩百呎長，在土牆上，有許多門，看來剛利土人過的是集體社會的生活，是以他們的房屋也連在一起。

空地上的那些剛利人，大部分都伏在地上，約有兩三百人，掛著毒箭，持著長矛，隨著鼓聲在叫著，跳躍著，他們的身上都披著各種獸皮。

從那在跳舞的三兩百人強壯的體格看來，他們一定是剛利族的戰士，在屋子之前，豎著三根高達兩丈的圖騰，圖騰之下，兩個大樹頭上，坐著王可敬和王可麗，在他們的身邊，插著許多火把，是以他們兩人臉上的神情，可以看得十分清楚。

王可麗好奇地望著那些土人，她臉上多少有一些驚擾和憂慮的神色，但是王可敬卻洋洋得意，看來他正十分滿足於現在的地位。

木蘭花和高翔互望了一眼，高翔道：「我們怎麼下手？那種解藥在哪裡？」

木蘭花道：「向土人逼問是沒有用的，我們根本無法用手勢來表達我們的意思，我看最好的辦法，是制住了王可敬。」

高翔道：「那我們就得先繞到屋後去。」

木蘭花點著頭，他們正想行動時，突然間，鼓聲停了下來。鼓聲一停，木蘭花和高翔兩人知道一定有一些什麼事要發生了。

在鼓聲停止之後，驟然在空地上聚集著那麼多人，但是卻靜得一點人聲也沒有，只見從第一列長屋子的正中一扇門中，走出兩行人來。

那兩行人看來更是精壯，他們的手中，都執著長矛，每一邊是八個人，一共十六個人，走了出來。

在那十六個人之後，是一個披著豹皮的老者，那老頭的胸前，掛著一串縮小了的人頭，是二十個左右，在他走動的時候，人頭就晃動著。

從那老者的那種裝扮看來，他好像是剛利族的酋長。

而在他的手中，則捧著一隻木頭雕成的罐子。

那木罐大約有一呎高，直徑是半呎，上面刻著很多花，還塗著各種鮮艷的顏色，從它的製作，和酋長捧著它時的那種鄭而重之的神情看來，那木罐中，一定盛載著什麼重要的東西。

那十六人和酋長走了出來，來到王可麗和王可敬兩人的面前，酋長揭開了那

王可麗陡地吃了一驚，她的手抖了一抖，幾乎將杯中的「奈比」一起抖了出來，她道：「那怎麼會？哥哥，你怎麼會變成世界上最有錢的人？」

王可敬微笑著，道：「你不會明白的，但是你一定要相信這一點，可麗，當我們再回到文明社會時，我甚至可以要求一些國家讓一大幅土地給我，建立我自己的王國，而你，就是公主了。」

王可麗笑了起來，她笑得十分純真，顯然是她不相信王可敬的話，所以，才會發出那樣的笑容來的。她道：「哥哥，你老是喜歡夢想！」

高翔聽到這裡，回頭向木蘭花望了一眼，因為他根本不明白王可敬那樣說，是什麼意思，然而，那卻證明木蘭花的推測是正確的。

木蘭花曾不止一次說，王可敬冒著生命危險到這裡來，不單是為了探險，而是另有目的的，看來那是再確實也沒有的了。然而，王可敬的目的是什麼呢？

他會在獵頭人的禁區中得到什麼？大量的天然鑽石？天然的金礦？

就算是，那也只不過使他成為最有錢的人，又有什麼辦法使他有權可以要求某些國家，割讓國土給他？

高翔雖然沒有出聲，但是他向木蘭花望上一眼，也等於是在將心中的疑問，在問木蘭花了。

看木蘭花的神情，好像已知道王可敬是什麼意思一樣，但是她卻沒有回答高翔，只是低聲道：「看那酋長將奈比送回那屋子去了！」

高翔心中雖然充滿了疑惑，但是弄明白「奈比」儲放的地點，自然比弄明白王可敬真正的目的重要得多。

是以他立時轉過頭，向前看去，只見王可敬和王可麗都已喝完了「奈比」，酋長捧著木罐，仍然跟在那十六名戰士之後，回到了那屋子中。

那十六名戰士，在酋長空手出來之後，便分站在屋門口的兩邊，看來他們的任務，就是守衛著「奈比」，不讓人去隨便取飲。

木蘭花拉了拉高翔，低聲道：「我們繞到屋後，可以不費什麼勁就將『奈比』偷到手，先回到畢卡族人那裡，救安妮要緊。」

高翔聽出木蘭花的話中有因，他忙道：「還有什麼事？」

「我要來阻止王可敬行事！」

「他準備做什麼？」高翔忙問。

但是木蘭花卻沒有回答，只是道：「現在不是說話的時候，我們的行動要小心些，一給剛利族人發現，那就很糟糕了！」

高翔的心中雖然疑惑，但是他也深知木蘭花的脾氣，一件事若是還未到說的時候，就算再追問下去，她也不會說的。

所以高翔根本不再問，他和木蘭花兩人先悄悄地後退，然後，繞著半圈，在森林中走著，不一會，已經來到了那幾列屋子的後面。

那時，鼓聲和呼叫聲簡直震耳欲聾，土人不是在跳躍著，就是拍著手，在發出一陣陣呼叫聲，也不知他們在叫些什麼。

屋後面一個人也沒有，看來所有的土人，都集中在屋前的空地上了，木蘭花和高翔兩人迅速地來到了第一列長屋之後。

屋後的牆上，全是兩呎見方的一個個小窗口，他們來到了正中的那個窗口，踮起了腳，從窗口中向屋內望了進去。

那是一間小小的房間，房間正中，是一張木桌，那木罐就放在木桌之上。他們從窗口中望進去，可以看到外面空地上的情形。

他們也可以看到那十六個守衛的背影。守衛雖然未曾參加跳舞的行列，但是他們也隨著鼓聲的節奏，在震動著他們手中的長矛，看來他們根本未曾注意屋中的情形。

高翔身子一縱，便已從窗子中鑽了進去。他捧起了木罐，向木蘭花望了一眼，木蘭花立時向他召了召手，高翔來到了窗前，木蘭花接過了木罐，高翔又翻了出來。

木蘭花打開木罐，她聞到了一股辛辣的刺鼻酒味，她先叫高翔喝了兩口，她自己也喝了兩口，那東西的味道著實令人不敢恭維。

然後，木蘭花取下了掛在皮帶上的一隻玻璃瓶，將「奈比」注進玻璃瓶中，那玻璃瓶的容量是一百二十ＣＣ，她又將木罐交給了高翔。

這時，高翔和木蘭花兩人體內似乎都有一種異樣的熱辣辣之感，那種感覺，和吞下了兩口烈酒是一樣的，可是他們又沒有醉意。

高翔很快又翻了窗子出來，那隻木罐已被他放回原來的地方了。他們迅速後退，過了森林之後，他們奔走得更快。

他們小心翼翼經過了滿是鱷魚的河灘，解開了停在岸邊的獨木舟，用力划著，一直到船又靠了河岸，他們才鬆了一口氣。

他們以急行軍的速度走回去，因為他們不知道安妮究竟怎樣了，時間有著重大的作用，他們的每一分鐘，都可能對安妮的生命有影響！

他們沒有再遇到剛利族的巡邏隊，他們盡可能靠著河邊走著，等到他們可以看到森林時，已經是天色將要亮的時候了。

他們足足一夜未停地在步行著，可是奇怪的是，他們竟不覺得疲倦，看來，他們喝下的「奈比」不但可以解毒，而且還有奇妙的振奮精神的作用。

進了森林之後，他們的心更急，終於，他們已經來到畢卡族人的村落了，他們可以看到畢卡族人的房子之際，就感到不十分對頭。

因為實在太靜了。

天已亮了，在那麼多人聚居的村落中，是不應該那麼靜的，高翔和木蘭花急急地加快了腳步，他們看到，所有的畢卡人都伏在地上。

在一個一望便知是臨時搭成的草棚之下，畢卡族的巫師，正用一條虎尾，蘸著水，在緩緩地灑著，穆秀珍和雲四風像傻瓜似地站著。

木蘭花和高翔一看到了那樣情形，只覺得雙腿發軟，幾乎跌倒在地，高翔大叫了一聲，道：「秀珍，安妮怎麼了？」

高翔的呼叫聲劃破了寂靜，每一個人都抬頭向他和木蘭花望來，穆秀珍一回頭，看到了他們，就「哇」地一聲，哭了起來。

看到了那樣的情形，木蘭花和高翔已然覺得事情十分不妙，所以高翔才會立時出聲驚呼的，再給穆秀珍一哭，他們兩人只覺得心直向下沉。

穆秀珍一面哭著，一面向他們奔了過來，奔到了他們的面前，她已然連話也講不出來了，木蘭花也不去問她，一手推開了她，就向前奔去。

等到木蘭花奔了開去，穆秀珍才叫道：「安妮……死了！」高翔握住了穆秀珍的手，只覺得心中像是被什麼東西堵住了一樣，他連忙拉著穆秀珍，也向前奔了出去。

到他奔到草棚旁邊的時候，他看到安妮躺在一個草織成的墊子之上，閉著眼，看來像是很安詳，木蘭花正將耳朵貼在她的胸前聽著。

高翔雙手緊捏著拳，手心之中直冒汗。

木蘭花停了幾秒鐘，抬起頭來，翻開了安妮的眼皮，她轉過頭來，大喝一聲，道：「秀珍，哭什麼，快來進行心臟按摩！」

穆秀珍呆了一呆，連忙蹲下身子來，在安妮的胸前按揉著，她道：「蘭花姐，安妮……沒有死？」

木蘭花道：「我想沒有，她的心臟幾乎停止了跳動，那是因為心臟痲痺而引起的休克現象，只要她的血液還在循環，還可以再救。」

木蘭花一面說，一面急速地解開了腰際的玻璃瓶來，站在一旁的酋長和巫師，一看到了那玻璃瓶，便發出了一下驚呼。

顯然他們也認出了瓶中的是什麼東西，酋長立時轉過身去，拍著手，大聲呼叫著，土人也紛紛站了起來，發出同樣的呼叫聲。

在震耳欲聾的呼叫聲中，木蘭花已捏開了安妮的口，將瓶中的「奈比」，倒進安妮的口中，然後，她托起了安妮的頭，使安妮容易吞下「奈比」。

木蘭花不斷地將「奈比」倒進安妮的口中，足足倒了半瓶，穆秀珍仍然不斷地在心臟部位進行按摩，突然間，穆秀珍叫了起來，道：「她的心跳了，她的心在跳動了！」

「繼續按摩！」木蘭花說著。

她站起身來，豆大的汗珠自她的額上滾滾流下。

因此可見，她剛才心中不是不緊張，但是，她卻有足夠的冷靜來判斷安妮是真的死了，還是心臟痲痺而形成的「休克」現象。

安妮的心跳，開始時還是很緩慢的，但是漸漸地在加快，在恢復正常，穆秀珍一面笑著，可是一面仍然在流著眼淚。

她不斷地在叫著，她的叫聲混和在土人的呼叫聲中，木蘭花則不斷察看著安妮的瞳孔，她又將她慢慢地放了下來。

木蘭花道：「行了，她的心跳已恢復了正常，我看她會醒過來的了，畢卡族的酋長，甚至一見『奈比』，便已歡呼了起來！」

高翔和雲四風兩人，也大大鬆了一口氣。

8 意義非凡

太陽漸漸地在向空中移動，所有的人仍然圍著安妮。

等到太陽到正中的時候，只有草棚下是一片陰影，安妮已慢慢睜開了眼來。

穆秀珍一看到安妮睜開了眼，就叫了起來：「安妮！」

高翔、木蘭花、雲四風三人，也一齊俯下身去，注視著安妮。他們已足足等了兩個多小時，在等待著安妮甦醒過來。

現在，安妮終於睜開了眼來！

安妮在才一睜開眼來時，在她的眼中，一片迷惘的神色，她眨著眼，又過了片刻，才用微弱的聲音問道：「我！已死了麼？」

穆秀珍一面笑著，一面淚水又疾湧而出，她緊緊握住了安妮的手，道：「傻安妮，你如果死了，如何還能和我們講話？」

安妮的神態看來十分疲倦，在她疲倦的臉上，勉強現出了一個笑容來，她緩慢地道：「我不是中了剛利人的毒箭，怎麼會不死？」

穆秀珍的話像是連珠炮一樣，快得出奇，她又道：「你要謝謝蘭花姐和高翔，他們到剛利族人的村落中偷來了解藥！」

安妮緩緩地轉過頭，望向木蘭花和高翔，在她的眼中，充滿了感激的神色，她喃喃地道：「我要感謝你們的事太多了。」

木蘭花輕輕撫摸著安妮的額角，她發現安妮的額上是清涼的，「奈比」真有著不可思議的功效，安妮竟連體溫也恢復正常了。

木蘭花問道：「安妮，你還覺得有什麼不舒服？」

安妮搖著頭，道：「沒有什麼，我只是覺得很疲倦，和……左腿被箭射中的地方……很痛，我從來也沒有……那樣痛過。」

木蘭花直起身子，她和穆秀珍立時互望了一眼，穆秀珍立時伸手向安妮中箭的地方按去。

她的手指才一按下去，安妮「唉呀」一聲，左腿自然而然地縮了一縮，木蘭花在那一剎那間，發出了一下驚呼聲來。

木蘭花的那一下驚呼聲，將所有的人都嚇了一跳。

因為木蘭花是一個頭腦極其冷靜的人，她極少發出那樣的呼叫聲，而如果有什麼事能令得她也不由自主驚呼起來的，那自然是非同小可的大事了！

一時間，幾個人的目光全集中在她的身上。

但是木蘭花卻只是望著安妮，她的目光十分銳利，她沉聲叫道：「安妮！」

安妮也知道有什麼不尋常的事發生了，她也望著木蘭花，道：「蘭花姐，什麼事？」

木蘭花的聲音沉緩，但是也極之嚴肅，含有不可抗拒的命令意味，她一字一頓地道：「安妮，站起來。」

聽得木蘭花忽然命令安妮站起來，高翔、雲四風和穆秀珍三人心頭狂跳了起來，他們這時也有點知道將會有什麼事發生了！

全然未知的只有安妮一個人，她聽得木蘭花那麼嚴肅的聲音叫她站起來，她不禁嚇得呆了一呆，隨即她轉頭四望。

木蘭花問道：「你在找什麼？」

「我……我的枴杖。」安妮回答。

「別用你的枴杖，」木蘭花提高了聲音：「用你自己的雙腿站起來。」

安妮又是一呆，她道：「可是，蘭花姐，我的雙腿——」

她只講到這裡，木蘭花已陡地打斷了她的話頭，道：「你看看你的左腿，秀珍按你傷口的時候，你的左腿能夠迅速地避開去，你的雙腿能夠受你神經中樞的控制而活動，為什麼你不用自己的雙腿站起來？」

安妮向自己的雙腿看了一眼。

她的左腿因為剛才穆秀珍用手指按向她中箭的地方，使她感到了劇痛，而避了開去，正豎起，擱在草墊上。

安妮呆了稍短的時間，她臉上便現出了極為激動的神情來，她雙手在草墊上按著，縮起了雙腿，然後，她站了起來，用她自己的雙腿站了起來！

安妮的嘴唇顫抖著，看來她像是想說些什麼，可是她卻一點聲音也發不出來，她站得很不穩，身子搖擺著，可是她卻是站著，用她的雙腿站著！

在空地上的畢卡族人，在安妮一醒來之後，就歡呼著散了開去，只有巫師和酋長還在，自然，畢卡人是不知道安妮用她自己的雙腿站立，有什麼出奇的。

但是，木蘭花等四人卻知道那有非凡的意義！

安妮是一個殘廢，造成她殘廢的原因，是由於小兒痲痺症，小兒麻痺症造成殘廢的原因是脊髓發炎之後硬化，令得神經中樞不能指揮身體的某些部分而來的。安妮的雙腿本來可以說是沒有什麼知覺的，但這時，她卻能用她自己的腿站直了自己的身子。

穆秀珍是最喜歡講話的人，但是當她看到了這等情形時，她也只是張大了口，興奮、激動、高興，那種情緒堵塞了她的喉嚨，以致她一個字也講不出來。最先出聲的，還是安妮自己。

她用異樣的聲調叫了出來，道：「我能自己站立了？」她一面叫著，一面揮舞著雙手，她本來就站得不穩，手臂一揮舞，身子向前一傾，便向前跌了下來，穆秀珍連忙竄過去，將她扶住。

安妮伏在穆秀珍的肩頭上，淚水不由自主自她的眼中湧了出來，她不斷地道：「秀珍姐，我能站立了，我在做夢，是不是？我不知多少次做夢，我能夠用我自己的腳來走路，現在我一定在做夢，一定是。」

穆秀珍扶住了安妮，安妮慢慢地跨出腳去，走了一步，然後，又走了一步，她的雙手緊抓住穆秀珍的手臂，不肯放鬆。

雖然她由穆秀珍扶著，但是她的的確確，是自己在走！

高翔站在木蘭花的身邊，他的視線一直停在安妮的身上，他喃喃地道：「這是不可能的，蘭花，你相信那是事實麼？」

木蘭花也望定了安妮，道：「那是事實。」

雲四風雙眉緊蹙著道：「那樣說來，剛利人的那種解毒劑，對於小兒痲痺症形成的殘廢，有神奇不可思議的療效？」

木蘭花道：「有可能，也有可能是那種毒藥的功效，也有可能是她連續發高熱的結果，小兒痲痺症霍然而癒的例子並不少，有時甚至憑信心也可以克服殘廢，著名的美國總統羅斯福，便有一本著作詳細描述他如何克服小兒痲痺的經過。」

高翔吁了一口氣，道：「蘭花，我們到獵頭人的禁地來，想不到竟有了那樣的收穫，你看，秀珍已放開了她，她自己在走著！」

穆秀珍已放開了安妮，安妮站著，她望向穆秀珍，像是要穆秀珍再去扶她，但是穆秀珍步伐向後，退開了幾步。

安妮慢慢向前走著，她雙臂放開著，平衡著她的身子，她的情形，就像是剛剛開始學步的嬰兒一樣，但是，她終於走出了她有生以來的第一步！

接著，她的身子搖擺著，跌倒在地。

但是她立刻撐起了身子來，又向前走了一步。

木蘭花揚聲叫道：「好了，安妮，你應該休息了！」

安妮轉過頭來，道：「蘭花姐，讓我再走幾步，我從來也沒有用我自己的雙腿走過路，謝謝你，讓我再多走幾步！」

木蘭花的雙眼之中，也不禁有點潤濕，她沒有再說什麼，只是點了點頭，然後，向穆秀珍招了招手，穆秀珍奔了過來。

木蘭花道：「秀珍，你在這裡陪著安妮，帶她練習走路，我和高翔還要去找王可敬，我要阻止他做一件事。」

穆秀珍本來是最喜歡參加一切行動的，但這一次，木蘭花要她留在這裡陪安妮練習走路，穆秀珍卻毫不猶疑一口答應！

雲四風驚訝道：「王可敬他想做什麼？」

木蘭花道：「我相信，在剛利族人的禁地之中，有一座蘊藏極甚豐富的鈾礦，其中有些礦石，甚至就是露天的！」

高翔和雲四風陡地吃了一驚。穆秀珍則早已奔回到了安妮的身邊，是以未曾聽到木蘭花的話。

高翔立時想起了王可敬和王可麗兩人的對話，王可敬說他不但會成為世界上最有錢的人，而且，有的國家還會將大幅土地讓給他，由他去建立王國！

高翔當時實在想不通是什麼原因，但現在，他明白了，只有手中掌握著一個蘊藏豐富的秘密鈾礦的人，才能夠那樣。

鈾是原子武器必不可缺少的原料，而世界上需要原子武器的國家實在太多了，只要有鈾供給，幾乎是什麼條件都可以答應的。

高翔還沒有再問，雲四風已經道：「鈾礦？蘭花姐，你怎麼知道？」

木蘭花道：「我曾經提及過多年前的那位探險家，他死在土人手中，但是他的著作隨著他的屍體被發現，並且出版了。」

「是啊，你說過。」高翔說。

「在那位探險家的記載中，」木蘭花說：「曾提到剛利人活動的地區之中，有一處是神的居住地，誰也不能接近，如果一接近，那人在幾天之後，就會全身起水泡，接著，慢慢潰爛而死，那種情形，正是受了放射性元素影響，吸收了過量放射元素的結果。」

高翔說道：「王可敬一定也讀過那本書。」

「自然是，而他現在的計劃，一定是逼剛利人去採集鈾礦，他那樣做，不但會使所有的剛利人都死於輻射，而且他如果成功了，想想看，世界上會發生什麼樣的混亂？」木蘭花頓了一頓，「所以，我們一定要去禁止他做那樣的事。」

雲四風皺著眉道：「但是，剛利人現在受他的指揮，而且，他自己難道就不怕輻射麼？」

「他是有備而來的，我想，他一定帶了探測儀器和防止輻射的衣服，他自己是不礙事的，他會用特製的鉛箱載著樣本，到處去兜售，他真不難成為世界上最有錢的人。」

高翔深深地吸了一口氣，道：「太可怕了！」

木蘭花道：「我們休息一會，高翔，對付王可敬，比對付剛利土人要難得多了！」

雲四風立即道：「所以，我們應該一起去！」

木蘭花搖頭道：「不，人多了反而沒有用。」

木蘭花說著，已向畢卡族的酋長走了過去，作著手勢，表示她要休息，酋長點著頭，忙將木蘭花帶到了一間茅屋中。

高翔則被帶到另一間茅屋，茅屋中很乾淨，鋪著厚厚的草墊，高翔幾乎在躺下來之後三分鐘內，就已經沉睡了過去。

高翔足足睡了十七八個小時，當他醒來的時候，已經是上午了，他甚至弄不清自己究竟睡了多久，他揉著眼睛，走出了茅屋。

他看到穆秀珍和安妮正在跟著幾個畢卡族的女人學跳舞，安妮已經和常人差不多了！高翔大叫了一聲，安妮立時向高翔走了過來。

她走到了高翔的身前，站直了身子，她又高又瘦，站直身子之後，和高翔相比，只不過差一個頭。

她笑著道：「高翔哥哥，我好像突然間長大了很多。」

高翔握著她的手，搖著，分享著她的高興。

木蘭花的聲音自車子旁傳過來，叫道：「高翔，我們該出發了，你快過來，我們一起準備一下，看有什麼要帶的。」

高翔握著安妮的手，一起向車子走了過去。

木蘭花道：「我們不駕車前去，所以一定要揀最有用的東西攜帶。」

高翔和木蘭花商量著，安妮幫著他們。

半小時之後，高翔和木蘭花已沿著沙立河，向沙立河的上游走去。

他們已經走過一次，這一次更可以知道什麼地方有危險，什麼地方是安全的了。

傍晚時分，他們已走出了森林。

他們在森林的邊緣，吃了些食物，然後，繼續向前走，當他們進入了剛利人的活動範圍之後，他們便將麻醉槍握在手中。

因為剛利族土人的動作靈敏，隨時可能出現，他們要能在最短的時間內應變，才不致吃虧！

可是，他們一直向前走著，情形卻和上次大不相同。上次，他們一連碰到了好幾隊剛利族人的狩獵隊，但這次，卻一個剛利人也沒有遇到。

一直當他們來到了將近那個河道分岔處，他們才看到一長列火把，在向前移動著，木蘭花忙舉起了望遠鏡，向前看去。

她看到至少有五百名剛利人，全是精壯的漢子，排成了幾行，在向前走著，走在最前面的是王可敬和王可麗，王可麗騎著一頭象。

另外還有幾頭象，背負著許多東西。

剛利人的酋長也在，他跟在王可敬的後面。

四五百人一起在向前走著，但是卻十分沉靜，一點聲音也沒有，而且，幾乎毫無例外地，每一個剛利人，都低著他們的頭。

那行列，使人想起是走向死亡地獄的行列！

木蘭花將望遠鏡遞給了高翔，高翔看了片刻，道：「那一定是王可敬逼著剛利人到那鈾礦去了，看來剛利人好像不願意去！」

木蘭花道：「是的，那是剛利人世世代代不敢接近的地方，王可敬一定用過高壓手段，說不定他曾屠殺過剛利族人！」

高翔道：「我們跟過去看看。」

木蘭花點頭道：「但是要記得，我們千萬不能接近那鈾礦，那是十分犯險的事。」

高翔道：「自然！」

他們兩人迅速地趕向前去，不一會，他們已經尾隨在那隊剛利人之後，和最後的一個剛利人，相距不過五六碼左右。

當他們接近剛利人的隊伍之際，他們更可以感到整個隊伍中的那種緊張的氣氛，像是有一副極其沉重的重擔，壓在每一個土人的心頭！

看來，土人是在竭力忍耐著，但是土人的忍耐，可以維持到什麼時候？

木蘭花和高翔兩人都不出聲，他們只是悄悄地跟在土人隊伍的後面，隊伍在一直向前行進著，直到走到天快亮了，隊伍才停了下來。

木蘭花和高翔忙離開了隊伍一些，藉著灌木叢的掩遮向前走去，他們聽得王可敬在大聲咆哮著，像是在逼剛利人再向前去。

當木蘭花和高翔爬上了一個小山崗時，他們可以看到，前面的景色十分荒涼，除了間或有一兩簇野草之外，幾乎什麼植物都沒有。倒是一堆一堆各種野獸的白骨觸目皆是，王可敬和王可麗都已穿上了橡皮的防輻射衣。

木蘭花用望遠鏡向前看去，她還看不到那鈾礦是在什麼地方，但是可想而知，由這裡再向前去的話，一定已是危險區域了！

如果不是那樣，土人不會停下來，王可敬和他的妹妹也不會穿上防止輻射的橡皮衣了。這時，剛利酋長也在大聲叫嚷著。

木蘭花猜測，王可敬已經前去單獨觀察過，這時，他帶了那麼多剛利人去，一定是準備開採。

他不顧剛利人的死活，替他開採了礦石之後，他可以慢慢來搬運，那時，剛利酋長的大聲叫嚷，自然一定是和王可敬在爭論，看來，王可敬已學會了簡單的剛利土語。

王可敬和王可麗雖然已穿上了橡皮衣，但是卻還未曾戴上頭盔，王可敬看來怒不可遏，他突然揚著手中的手槍，怪叫了一聲。

隨著他的一聲怪叫，便是「砰」地一下槍聲。

那一下槍聲，在曠野地中聽來，格外驚人。

槍聲一響，那酋長黝黑的胸膛中便湧出了一縷鮮血來，那酋長低頭向自己的胸口看著，然後，他的身子一側，倒了下去。

王可敬揚著手槍，大聲叫嚷著。

在他的叫嚷聲中，夾雜著王可麗的聲音，王可麗道：「哥哥，別再殺人了，你已經殺了許多人，求求你，別再殺人了！」

王可敬大聲道：「住口，你知道什麼！我昨天去看過，鈾礦就在一些大石下面，只要他們搬開那些大石，整個鈾礦就是露天的！」

王可麗的聲音很激動，道：「可是，他們卻全要死！」

王可敬哈哈大笑了起來，道：「讓他們去死好了，他們這種人，怎可以算是人？還不是和野獸差不多，讓他們絕種，有什麼關係？」

高翔聽到這裡，忍不住罵了一句，道：「簡直是禽獸！」

木蘭花道：「看情形，剛利土人不會聽他的話，他再殺人也沒有用，我們得設法將可麗救出來，她是一個好女孩！」

高翔道：「我們用麻醉針射王可敬？」

木蘭花為難地搖了搖頭，道：「我看不行，王可敬一倒，土人不知會有什麼反應，他們可能拔腳而逃，也可能遷怒於可麗，那會使我們來不及拯救她。」

木蘭花和高翔在說話間，王可敬又向剛利土人呼喝了起來，他顯然是要剛利族人繼續向前走，但是剛利人的雙腿像是釘在地上一樣，再也不肯移動一下。

槍聲在突然之間又響了起來，接連五下，又是五個剛利人倒了下去，高翔實在忍不住了，道：「蘭花，我不能再看他進行那種毫無人性的屠殺了！」

木蘭花也舉起了槍來，可是就在這時，變故卻突然發生了，只見王可麗突然從象背之上撲了下來，向王可敬撲去。

王可敬顯然料不到他的妹妹會那樣對付他，王可麗的身上穿著橡皮衣，很是沉重，整個人壓在他的身上，令得他跌倒在地。

王可麗用力去奪王可敬手中的槍，她同時尖叫著道：「你不能再殺人，哥哥，你不能再殺人了，把槍給我，別害他們！」

王可敬怒道：「你快滾！」

可是王可麗仍然握住了王可敬的手不放，木蘭花已經伏著身子向前竄了出去，可是，卻已經遲了，只聽得又是一下槍響，王可麗的身子立時向外翻來。

她仰天躺著，她的手搭在胸口，自她的指縫中，鮮血汩汩流出，她勉力掙起身子來，但是她立時又倒了下去，搭住傷口的手也垂了下來。

木蘭花陡地停了下來，她的臉上現出憤恨之極的神色來，王可敬則自地上躍起，爬上了象背，又大聲地叫嚷了起來。

他竟沒有人性到殺死了他自己的妹妹，那實在是高翔和木蘭花再也料想不到的，高翔迅速地來到了木蘭花的身邊。

木蘭花慢慢地舉起了槍來，拉動了槍機。

槍聲陡地響起，王可敬突然自象背上轉過身來，但是當他轉過身來時，木蘭花射出的那一發子彈，已經射中了那頭大象的股部。

那頭大象發出了一下怪叫，身子一聳，突然向前奔去。

象平時的行動十分遲緩，但是當牠奔走的時候，氣勢卻極其驚人，王可敬伏在象背上，大象迅速地向前奔去，奔向禁地，越奔越遠，王可敬在大象的奔馳之中，無法自象背上跳下來。

他如果滾落象背的話，就算不跌死，也一定會被大象踏死，所以他只好伏在象背上，竭力使自己不跌下來，而在那樣的情形下，他也絕沒有辦法騰出雙手來，將防止輻射的橡皮衣的頭盔戴上！

而他，是被大象負著，並奔向鈾礦去的！

當大象突然發足奔出的那一剎那，土人還是怔怔地站著發呆，然而，那卻是極其短暫的事，接著，只聽得那四五百剛利人，發出了一下驚天動地的呼叫聲，轉過身，向前飛奔而出。

他們有了逃走的機會，走得那麼匆忙，甚至連他們酋長的屍體也顧不得攜帶了，他們奔跑，快得像羚羊一樣，不到三分鐘，奔得最慢的一個人也看不見了。

而當剛利人奔得一個也看不見時，木蘭花要用望遠鏡才可以看到王可敬，王可敬仍然伏在象背上，大象仍在向前奔著。

高翔站起了身來，道：「他會怎樣？」

木蘭花放下了望遠鏡，也站了起來，道：「他？他會死在他發現的鈾礦之旁，死在他全世界最富有的人夢境之中！」

高翔道：「他沒有機會出來？」

「我想沒有，」木蘭花道：「大象在奔近鈾礦，他沒有機會戴上頭盔，過量的輻射會使他昏眩，他會和大象一起倒下來。」

木蘭花講到這裡，嘆了一聲，道：「我不知道我那樣做，是不是對。」

高翔忙道：「蘭花，在看到他竟然開槍射死了可麗之後，誰都會那樣做的！」

木蘭花低著頭，沒有再出聲，她和高翔一起默默向前走去，來到可麗的身旁，陽光恰好在這時升起，照在可麗的臉上。可麗的雙眼雖然半睜著，但是她卻也看不到可愛的陽光了，那一槍，正射在她的心臟部位，那是致命的一槍！

她是那麼擔心她的哥哥會出意外，也正因為那樣，她才會來到這裡，當他們出發來這裡的時候，如果有誰說，可麗會死在她哥哥的槍下，那麼，所有的人，一定會認為說這種話的人是瘋子！

可是現在，那樣的事，卻變成了事實！

木蘭花和高翔的心中，有著說不出來的難過。

木蘭花俯下身，闔上了可麗的眼皮，她又長長地嘆了一聲，道：「我是叫她不要來的，這裡是一個極其危險的地方。」

高翔苦笑著，道：「可是，她卻不是死在獵頭族人的手中，而且死在王可敬的槍下！」

木蘭花再嘆了一聲，道：「是的，文明人為金錢，為權力而瘋狂的時候，實在比任何野蠻的獵頭族人還要可怕。」

高翔道：「我們是否將可麗的屍體運回去？」

木蘭花搖著頭，道：「不，天氣那麼熱，無法運載屍體，我們就將她葬在這裡好了，可憐的可麗，她總算找到她哥哥了！」

木蘭花的眼中湧出了淚水來。

他們兩人合力在地上挖了一個坑，埋葬了可麗，又搬了幾塊大石，壓在坑上，木蘭花才道：「我們回去，不必告訴別人可麗已經死了。」

木蘭花的話令得高翔一呆，道：「怎麼說？」

「我們可以說，我們已說服了王可敬，他已放棄開採那鈾礦的計劃，他和可麗則住在剛利族的村落之中，就可以了。」

高翔沒有再說什麼，木蘭花又補充道：「他們剛因為安妮的痊癒而高興，何必再將可麗的死訊，那樣的沉痛加在他們的心上？」

高翔終於點著頭，道：「你說得是，我們該回去了！」

回程，總是比較快捷的，木蘭花和高翔在當天傍晚，回到了畢卡族人的村落，然後，他們將一切不再需要而又實用的東西，都送給了畢卡族人。

他們登上了那輛車子，在畢卡族人的帶引之下駛出森林去，木蘭花和高翔按照他們商議好了的話告訴了安妮、雲四風和穆秀珍。

安妮可惜地道：「真可惜，她看不到我會走路了。」

當他們的車子沿著沙立河回到了阿尚博堡之際，全市轟動，夾道歡迎，熱烈無比，全市四五萬人，接連兩晚舉行狂歡。

第三天，他們才由專機離開了阿尚博堡。

五天之後，他們回到了本市。

他們的行蹤是秘密的，來接機的，也只有雲五風一個人，安妮是拄著枴杖下機的，她也拄著枴杖，來到了雲五風的身前。

當她來到雲五風的身前之際，她突然鬆手拋開了枴杖，雲五風忙去扶她，可是她卻向後退開了兩步，雲五風扶了一個空，驚訝得目瞪口呆。

他那種驚訝的神情，令得每一個人都忍不住笑了起來，而笑得最大聲，幾乎連氣也喘不過來的，自然是穆秀珍！

請續看《木蘭花傳奇》23 魔畫

倪匡奇情作品集

木蘭花傳奇22鬥古城（含：珊瑚古城、獵頭禁地）

作　者：倪匡
發行人：陳曉林
出版所：風雲時代出版股份有限公司
地址：10576台北市民生東路五段178號7樓之3
電話：(02) 2756-0949
傳真：(02) 2765-3799
執行主編：朱墨菲
美術設計：許惠芳
業務總監：張瑋鳳
出版日期：2024年4月
版權授權：倪匡
ISBN ：978-626-7369-65-4
風雲書網：http://www.eastbooks.com.tw
官方部落格：http://eastbooks.pixnet.net/blog
Facebook：http://www.facebook.com/h7560949
E-mail：h7560949@ms15.hinet.net
劃撥帳號：12043291
戶名：風雲時代出版股份有限公司

風雲發行所：33373桃園市龜山區公西村2鄰復興街304巷96號
電話：(03) 318-1378　　傳真：(03) 318-1378
法律顧問：永然法律事務所 李永然律師
　　　　　北辰著作權事務所 蕭雄淋律師

行政院新聞局局版台業字第3595號 營利事業統一編號22759935

定價：299元

國家圖書館出版品預行編目資料

鬥古城／倪匡 著. -- 臺北市：風雲時代出版股份有限公司, 2024.02　面；　公分.（木蘭花傳奇；22）

ISBN : 978-626-7369-65-4（平裝）

857.7　　　　112021904